www.ingramcontent.com/pod-product-compliance
Lightning Source LLC
LaVergne TN
LVHW050822051026
849532LV00008B/3069
* 9 7 8 9 3 6 9 0 8 0 8 1 6 *

روشنی کی تلاش

(بچوں کی کہانیاں)

زبیر طارق

Raushni ki Talaash *(Kids Short Stories)*
by: Zubair Tariq
Edition: December '2024
Publisher :
Taemeer Publications LLC (Michigan, USA / Hyderabad, India)

ISBN 978-93-6908-081-6
9 789369 080816

کتاب	:	**روشنی کی تلاش** (کہانیاں)
مصنف	:	**زبیر طارق**
صنف	:	ادب اطفال
ناشر	:	تعمیر پبلی کیشنز (حیدرآباد، انڈیا)
سالِ اشاعت	:	۲۰۲۴ء
صفحات	:	۵۲
سرورق ڈیزائن	:	تعمیر ویب ڈیزائن

فہرست

ظلم کا معاہدہ

آدھی رات کا وقت ہے - آسمان پر چاند چمک رہا ہے اور تارے جھلمل جھلمل کر رہے ہیں- ان کے درمیان بادلوں کے چند آوارہ ٹکڑے بھی کہیں کہیں اڑتے دکھائی دیتے ہیں- ایسا لگتا ہے جیسے چاندنی رات نے پہاڑوں میدانوں اور گھاٹیوں پر اپنی چادر پھیلا رکھی ہو- چاند کی روشنی میں ایک بستی دور سے صاف نظر آرہی ہے- اس بستی میں ہر طرف مکمل خاموشی چھائی ہوئی ہے- یہاں کے رہنے والے اردگرد سے بے خبر آدھی رات کی گہری اور میٹھی نیند کے مزے لوٹ رہے ہیں- فضا پر چھایا ہوا سکوت کبھی کبھار اس وقت ٹوٹ جاتا ہے جب کوئی کتا بھونکتا ہے' کسی گھوڑے کے ہنہنانے کی آواز آتی ہے یا کوئی بیمار اونٹ بلبلاتا ہے - تاہم بستی کے لوگ ان آوازوں کے عادی ہیں- یہی وجہ ہے کہ اس شور سے ان کی نیند کچھ متاثر نہیں ہوتی- وقت آہستہ آہستہ گزرتا جارہا ہے- فضا میں ایک مرتبہ پھر خاموشی چھاچکی ہے- اچانک ایک گھاٹی سے دبی دبی چیخوں کی آواز اٹھتی ہے اور آہستہ آہستہ بلند ہوتی چلی جاتی ہے- رات کے سکوت میں یہ چیخیں دور دور تک سنائی دے رہی ہیں- یہ آواز کسی چھوٹے بچے کے رونے کی ہے- بچہ مسلسل روئے چلا جارہا ہے اور گھر والوں کی کوشش کے باوجود خاموش نہیں ہو رہا- بچے کی ماں کی آنکھوں میں آنسو تیر رہے ہیں- اس کا بچہ بیمار

ہوتا تو وہ دوا دارو کا انتظام کرتی مگر اس کے بچے کو دوا کی ضرورت نہیں- یہ بچہ اس لئے رو رہا ہے کہ اس کا پیٹ خالی ہے اور شدید بھوک نے اسے بے حال کر رکھا ہے- گھاٹی میں رہنے والے کسی ایسی چیز کی تلاش میں ہیں جس سے بچے کی بھوک مٹا سکیں مگر وہاں کھانے پینے کی کوئی شے موجود نہیں اور نہ ہی کہیں باہر سے لائی جاسکتی ہے- اس گھاٹی کے رہنے والوں پر بستی کے ہر گھر کا دروازہ بند ہے-

پوری بستی نے قسم کھا رکھی ہے کہ ان لوگوں کی کچھ مدد نہ کریں گے- بچہ ابھی تک چیخ رہا ہے - مسلسل رونے سے اس کی آواز بھاری ہوتی جارہی ہے- چیخیں سن کر اور کئی بچے بھی جاگ اٹھے ہیں اوز انہوں نے بھی رونا شروع کر دیا ہے- بھوکے بچوں کی چیخیں فضا میں گونج رہی ہیں مگر بستی کے لوگوں پر ان کا کچھ اثر نہیں ہو رہا- لوگ پہلے کی طرح پرسکون نیند میں ڈوبے ہوئے ہیں- ایک آدھ شخص کی آنکھ کھلی بھی ہے تو ان چیخوں کو سن کر اس کے ہونٹوں پر مسکراہٹ پھیل گئی ہے اور وہ کروٹ بدل کر دوبارہ سو گیا ہے- آسمان پر چاند ستارے یہ تماشا دیکھ رہے ہیں- آخر چاند اس دردناک منظر کی تاب نہیں لا سکا اور اس نے اپنا چہرہ بادل کے ایک ٹکڑے کے پیچھے چھپالیا ہے- چاند کے چھپتے ہی بستی اندھیرے میں ڈوب گئی ہے اور تاریک فضا میں بچوں کی چیخیں ابھی تک گونج رہی ہیں-

یہ قصہ ایک رات کا نہ تھا- اس بستی میں بھوکے پیاسے معصوم بچوں کی چیخیں تین سال تک گونجتی رہیں - بستی والے اس قدر ظالم تھے کہ یہ معصوم چیخیں بھی ان کے پتھر دلوں کو موم نہ کر سکیں- وہ ان چیخوں کو سن سن کر خوش ہوتے اور قہقہے لگاتے - ظلم کا یہ کھیل جس بستی میں کھیلا گیا وہ مکہ کی بستی تھی اور اس ستم کا شکار ہونے والے پیارے نبی صلی اللہ علیہ وسلم

اور آپؐ کے خاندان بنو ہاشم کے لوگ تھے۔

آپ جانتے ہیں ہمارے پیارے رسول حضرت محمد صلی اللہ علیہ وسلم اللہ کے آخری نبی ہیں۔ نبوت کی ذمہ داریاں ملنے کے بعد آپؐ نے مکہ والوں کو اللہ کی جانب بلایا اور انہیں یہ دعوت دی کہ وہ اس کے ساتھ کسی کو شریک نہ کیا کریں اور اپنی تمام زندگی اللہ کے قوانین کے مطابق بسر کریں۔ آپؐ کی یہ بات سن کر اہل مکہ کو غصہ آگیا۔ اللہ کی راہ پر چلنے کی بات انہیں قبول نہ تھی۔ انہیں وہ راستہ پسند تھا جس پر ان کے باپ دادا صدیوں سے چلتے آرہے تھے۔ وہ اس بات کا تصور بھی نہیں کرسکتے تھے کہ ان کے باپ دادا کا راستہ غلط تھا یا وہ گمراہ تھے۔ ان میں سے بعض لوگ جانتے تھے کہ محمد صلی اللہ علیہ وسلم سچے ہیں اور انہیں واقعی اللہ تعالی نے نبی بناکر بھیجا ہے مگر ان لوگوں کی سرداری اور مفادات انہیں ایمان لانے سے روک رہے تھے۔ یہی وجہ ہے کہ ان تمام لوگوں نے آپؐ کی مخالفت شروع کردی اور آپؐ کے کام کی راہ میں طرح طرح کی رکاوٹیں کھڑی کرنے لگے۔ وہ چاہتے تھے کہ آپؐ اللہ کا پیغام لوگوں تک نہ پہنچائیں۔ پیارے نبیؐ کو اس کام سے روکنے کے لئے انہوں نے آپؐ کو اور آپؐ کے ساتھیوں کو طرح طرح سے ظلم وستم کا نشانہ بنایا۔ پیارے نبیؐ نے ان کے تمام مظالم برداشت کئے مگر ان کی بات نہ مانی۔ کافروں نے مایوس ہوکر آپ کے چچا ابو طالب پر دباؤ ڈالنا شروع کردیا۔ ان کی خواہش تھی کہ ابو طالب آپؐ کو اس کام سے روک دیں یا ان کی حمایت چھوڑ دیں مگر ابو طالب نے یہ دونوں باتیں قبول نہ کیں۔ اس طرح کافروں کی مخالفت کے باوجود نبی صلی اللہ علیہ وسلم نے اپنا کام جاری رکھا۔

جب مکہ کے سردار آپؐ کو اللہ کا پیغام پھیلانے سے کسی طرح نہ روک سکے تو ان کی دشمنی انتہا کو پہنچ گئی۔ اب ان کی یہ خواہش تھی کہ آپؐ کو جان سے مار دیں۔ لیکن یہ کام آسان نہ تھا۔ ابو طالب اور ان کا خاندان بنو مطلب اور بنو ہاشم انتہائی اثر اور قوت رکھنے والے لوگ تھے۔ ان کے کسی فرد کو قتل کر دینا کوئی کھیل نہ تھا۔ یہی وجہ ہے کہ کافر بے بس ہو کر اللہ کا پیغام پھیلتے دیکھ رہے تھے۔ اس کام کو شروع ہوئے اب سات برس گزر چکے تھے۔ اس دوران نہ صرف مکہ کے بہت سے اچھے لوگوں نے اللہ کا دین قبول کیا بلکہ مکہ سے باہر کے بھی بہت سے افراد ایمان لے آئے۔ کفار کے ظلم و ستم سے تنگ آکر جب مسلمان حبشہ ہجرت کرنے پر مجبور ہوئے تو اللہ کا دین بھی اس سرزمین میں پہنچ گیا اور وہاں کے لوگ بھی اسلام سے متاثر ہونے لگے۔ دین اسلام کو یوں پھلتا پھولتا دیکھ کر کافر سردار غم و غصہ سے کھولنے لگے ۔ ان کے غصے کی کوئی انتہا نہ رہی جب انہیں یہ خبریں ملیں کہ مکہ کے دو بہت بااثر سرداروں حضرت حمزہ اور حضرت عمر نے بھی اسلام قبول کرلیا ہے۔ کافروں کے ظلم و ستم کی وجہ سے کمزور مسلمان اب تک چھپ چھپ کر عبادت کرتے تھے۔ مکہ کے ان بہادر اور بااثر سرداروں کے ایمان لاتے ہی ان کی ہمتیں بڑھ گئیں اور انہوں نے اللہ کے گھر خانہ کعبہ میں نماز پڑھنا شروع کردی۔

قریشی سردار یہ سب کچھ برداشت نہیں کرسکتے تھے۔ مگر وہ کر بھی کیا سکتے تھے۔ وہ اسلام کا راستہ روکنے کی ہر ممکن کوشش کرچکے تھے۔ لیکن ان کے لئے خاموشی سے تماشا دیکھنا بھی ممکن نہ تھا۔ ایک دن یہ تمام لوگ اکٹھے ہوئے اور اسلام کو مٹانے کی نئی نئی تدبیریں سوچنے لگے۔

سب سے پہلے ایک بوڑھا کافر سردار کھڑا ہوا اور بولا: " آپ لوگ

جانتے ہیں کہ محمد (صلی اللہ علیہ وسلم) نے اپنے باپ دادا کا طریقہ چھوڑ کر ایک نیا دین نکالا ہے۔ اس دین نے ہمارے گھرانوں کو بری طرح توڑ پھوڑ دیا ہے۔ ہمارے نوجوان محمد کی باتوں میں آکر گمراہ ہو رہے ہیں....."

"یہ باتیں سب جانتے ہیں لیکن اب کیا کیا جائے؟" ایک شخص نے فوراً اصل مسئلے کی جانب توجہ دلانے کی کوشش کی۔

جس قدر ممکن تھا میں مسلمانوں کو مار پیٹ چکا ہوں۔ محمد (صلی اللہ علیہ وسلم) نے ان کی کھوپڑیوں میں جو کچھ بھر دیا ہے وہ کسی طرح نہیں نکلتا۔ ان لوگوں میں سے کوئی بھی باپ دادا کے طریقے پر واپس آنے کو تیار نہیں۔" صورت حال سے سے مایوس ایک اور شخص بولا۔

"جب تک محمد کو اس کام سے روکا نہیں جائے گا' ہمارے نوجوانوں کا درست ہونا ممکن نہیں۔" ایک اور شخص نے جوش میں آتے ہوئے بات کہی۔

"مگر یہ کیسے ہوگا؟ ڈرانے دھمکانے سے وہ نہیں رکا۔ دنیا کی وہ کون سی چیز ہے جس کا لالچ اسے نہیں دیا گیا۔ مگر وہ مانتا ہی نہیں۔" اب تک کی تمام کارروائیوں سے آگاہ ایک اور بوڑھا بولا۔

"اسے جب تک ابو طالب کی حمایت حاصل ہے' وہ کبھی تمہاری بات نہیں مانے گا۔" ایک شخص نے چڑ کر کہا۔

"میں تو کب سے اس کے بھتیجے کا کام تمام کر چکا ہوتا مگر بنو ہاشم اور بنو مطلب کا خیال آجاتا ہے۔" ایک شخص جس کے چہرے پر غنڈہ پن برستا تھا' بولا۔

"جب تک ہاشم اور مطلب کی اولاد محمد کی حمایت نہیں چھوڑ دیتی نہ وہ اپنے کام سے باز آئے گا نہ ہم اس کا کچھ بگاڑ سکیں گے۔" ایک شخص نے

بے چارگی سے کہا۔

" تو کیا ہم خاموشی سے باپ دادا کا دین ختم ہوتے دیکھتے رہیں گے ؟ " ایک بوڑھا غم و حسرت کے لہجے میں بولا۔

" کیا کوئی ایسا طریقہ نہیں جس سے بنو ہاشم اور بنو مطلب محمد (صلی اللہ علیہ وسلم) کو ہمارے حوالے کر دیں ؟ " انتقام کی آگ میں جلتا ہوا ایک شخص کہنے لگا۔

" یہ کیسے ممکن ہے ؟ عرب روایات اور اصول ہم سب جانتے ہیں - کوئی خاندان اپنے فرد کو کسی حال میں بھی دشمن کے حوالے نہیں کرتا " ایک بوڑھے نے تجربے کی بات کہی۔

" یہ سب ٹھیک ہے مگر کیا دنیا میں کوئی ایسی ترکیب نہیں جس سے بنو ہاشم اور بنو مطلب کو مجبور کیا جاسکے ؟ " اس شخص نے دوبارہ سوال اٹھایا۔

" ہاں ہمیں واقعی اس بارے میں سوچنا چاہئے۔ " اور کئی لوگوں نے بھی اس خیال کی تائید کی۔

" ایک ترکیب ایسی ہے جو ان خاندانوں کو گھٹنے ٹیکنے پر مجبور کر دے گی۔ ایک بڑا عیار شخص بولا -

" وہ کیا ؟ " تمام لوگوں نے ایک ساتھ پوچھا۔ ان کی آنکھوں میں تجسس پھیلا ہوا تھا۔

" ہاشم اور مطلب کی اولاد کا حقہ پانی بند کر کے ان کا مکمل مقاطعہ اور بائیکاٹ کر دیا جائے اور جب تک وہ ہماری بات نہ مان لیں ان سے کسی قسم کا لین دین اور تعلق نہ رکھا جائے۔ اس عیار شخص نے اپنی تجویز بیان کی۔ اس تجویز کے سنتے ہی تمام لوگ عش عش کر اٹھے۔

" واہ کیا زبردست تجویز ہے۔ "

"ہاں واقعی - یہی ہتھیار ان پر دباؤ ڈال سکتا ہے۔"

اسلام کی مخالفت اور پیارے نبی کی دشمنی نے ان لوگوں کو اندھا کر رکھا تھا۔ یہی وجہ ہے کہ یہ تجویز سب کو پسند آئی - حالانکہ یہ بات عربوں کی روایات کے بالکل خلاف تھی۔ عرب معاشرے میں صلہ رحمی یعنی رشتے داروں کے ساتھ بہترین سلوک کرنے کی بہت اہمیت تھی اور رشتہ داروں سے برا سلوک کرنے اور ان سے تعلقات توڑنے کو بہت بڑا گناہ سمجھا جاتا تھا۔ مکہ میں کوئی خاندان ایسا نہ تھا جس کی بنو ہاشم اور بنو مطلب کے ساتھ رشتہ داری نہ ہو۔ ان میں بہت سے لوگ رشتے داروں کے ساتھ حسن سلوک کی وجہ سے مشہور تھے۔ ابو جہل نے آبائی دین کی حفاظت کے مسئلے پر ان کے جذبات کو خوب ہوا دی اور غم و غصہ کی حالت میں انہیں اس تجویز پر رضامند کرلیا۔ اس کے بعد معاہدہ لکھا گیا اور تمام لوگوں نے اللہ کی قسم کھا کر عہد کیا کہ جب تک بنو ہاشم اور بنو مطلب محمد (صلی اللہ علیہ وسلم) کو ہمارے حوالے نہ کردیں اس وقت تک ان سے میل جول ' شادی بیاہ ' بول چال اور خرید و فروخت کا کوئی تعلق نہیں رکھا جائے گا۔ قریش کے تمام خاندانوں کے سربراہوں نے ظلم کے اس معاہدے پر دستخط کیے اور اس معاہدے کی دستاویز کو خانہ کعبہ میں لٹکا دیا گیا۔

پیارے نبی صلی اللہ علیہ وسلم کے چچا ابو طالب کو جب معلوم ہوا کہ قریش محمد کی جان کے دشمن بن گئے ہیں تو انہوں نے بنو ہاشم اور بنو مطلب کو بلوایا۔ جب تمام لوگ اکٹھا ہوگئے تو ابو طالب نے انہیں صورت حال سے آگاہ کیا اور تجویز پیش کی کہ وہ سب محمد (صلی اللہ علیہ وسلم) کو ساتھ لے کر شعب ابی طالب میں جمع ہو جائیں اور آخر وقت تک ان کی حفاظت کریں۔ دونوں خاندانوں نے یہ تجویز قبول کرلی اور ان کے کافر اور مسلمان تمام افراد

شعب ابی اطالب میں اکٹھے ہوگئے۔ شعب ابی طالب مکہ کے ایک پہاڑ ابو قبیس کے قریب ایک گھاٹی تھی جس میں ابو طالب رہتے تھے۔ آج کل اس جگہ کو شعب علی کہتے ہیں اور یہ حرم شریف سے چند منٹ کے فاصلہ پر ہے۔

یہ جان کر حیرت ہوتی ہے کہ بنو ہاشم اور بنو مطلب کے وہ لوگ جو آپؐ پر ایمان نہیں لائے اور آپؐ کو اللہ کا نبی نہیں مانا انہوں نے بھی آپ کی خاطر اپنا گھر بار چھوڑ دیا اور آنے والے مصائب کا مقابلہ کرنے کے لئے تیار ہوگئے۔

ہم جس دور کی بات کر رہے ہیں وہ نہایت خطرناک وقت تھا۔ اس معاشرے میں جس کی لاٹھی اس کی بھینس کا قانون نافذ تھا۔ وہاں کسی شخص کی جان اور مال محفوظ نہ تھا۔ طاقتور کمزوروں کی جان و مال اور عزت سے کھیلنا اپنا حق سمجھتے تھے۔ کوئی کمزور یا اکیلا فرد اپنی حفاظت آپ نہیں کرسکتا تھا۔ پورے ملک میں صدیوں سے بدامنی کی یہی حالت تھی اور کسی شخص کے لئے اس کے اپنے خاندان اور رشتہ داروں کی حمایت کے سوا جان' مال اور عزت و آبرو کے تحفظ کی کوئی صورت نہ تھی۔ اسی وجہ سے عرب معاشرے کے اخلاقی اصولوں میں صلہ رحمی یعنی رشتے داروں کے ساتھ بہترین سلوک کو بہت اہمیت حاصل تھی۔ پھر اس دور میں قبائلی نظام رائج تھا اور پورا قبیلہ مل کر اپنے ایک ایک فرد کی حفاظت کیا کرتا تھا۔ انہی اصولوں کے تحت بنو ہاشم اور بنو مطلب کے کافر افراد نے بھی اللہ کے رسولؐ کی حفاظت کرنے کا فیصلہ کیا اور انہوں نے اپنا گھر بار چھوڑ دیا اور آپؐ کے ساتھ ایک گھاٹی میں رہنے لگے۔ تاہم ایک شخص ایسا بھی تھا جس نے اس قبائلی روایت کی کچھ پروا نہ کی۔ اس نے اپنے خاندان اور قبیلے کو چھوڑ کر ان

لوگوں کا ساتھ دیا جنہوں نے ان کا مقاطعہ کر کے انہیں بالکل الگ تھلگ کر دیا تھا۔ یہ شخص آپؐ کا اپنا چچا ابو لہب تھا۔

جیسے ہی بنو ہاشم اور بنو مطلب کے افراد شعب ابی طالب میں منتقل ہوئے ' قریش نے ان کی ناکہ بندی کر دی۔ یہ محاصرہ انتہائی سخت تھا۔ قریش ان لوگوں کے ساتھ کسی قسم کی نرمی کرنے یا سہولت برتنے کو تیار نہ تھے۔ شعب ابی طالب میں مقیم افراد کے پاس کھانے پینے کا سامان بہت جلد ختم ہوگیا۔ اب کہیں سے کوئی چیز نہیں آسکتی تھی۔ نہ مکہ کا کوئی سوداگر ان کے ہاتھ سامان بیچنے کو تیار تھا نہ مکہ کا کوئی اور گھرانہ ان کی مدد کر سکتا تھا۔ مکہ کا ہر شخص اپنے اس عہد اور قسم پر پوری طرح کار بند تھا۔ محصورین کے لئے ایک ہی راستہ باقی رہ گیا۔ باہر کا کوئی تاجر مکہ آئے تو اس سے سامان خریدا جائے مگر یہ امید بھی پوری نہ ہو سکی۔ جیسے ہی باہر کے تاجر مکہ آتے ' قریش کے لوگ جلدی جلدی ان کا سامان خرید لیتے اور محصورین کے لئے کچھ باقی نہ بچتا۔ اس کے باوجود اگر محصورین کسی تاجر سے سامان خریدتے نظر آتے تو ابو لہب چلا کر تاجر سے کہتا: " ان سے اتنی زیادہ قیمت مانگو کہ یہ خرید نہ سکیں۔ نقصان کی فکر مت کرو۔ میں یہ چیز بعد میں تم سے خرید لوں گا۔" یوں ان لوگوں کے اکسانے پر تاجروں نے چیزوں کی قیمت اتنی بڑھا دی کہ ان کے لئے سامان خریدنا ممکن نہ رہا۔

کافر سرداروں کے اس رویے کے باعث محصورین کی حالت روز بروز بگڑتی گئی اور وہ فاقے کرنے اور بھوکا رہنے پر مجبور ہو گئے۔ پیٹ کی آگ بجھانے کے لئے ایک ہی چیز ممکن تھی اور وہ درختوں اور جھاڑیوں کے پتے تھے جن کی مکہ کی چٹیل وادی میں ویسے بھی بری طرح کمی تھی۔ جب بھوک

بے تحاشا ستاتی تو یہی پتے بھوک مٹانے کے کام آتے یا پھر سوکھا چمڑہ ابال کر اور آگ پر بھون کر کھایا جاتا۔ بڑی عمر کے لوگ تو خاموشی سے وقت گزار رہے تھے مگر معصوم بچے کیونکر خاموش رہتے۔ چنانچہ شعب ابی طالب ان بھوکے بچوں کے رونے اور بلبلانے سے اکثر گونجتا رہتا اور ان کی آوازیں باہر تک سنائی دیتیں۔ بنو ہاشم اور بنو مطلب کے یہ مظلوم افراد بالکل بند ہو کر رہ گئے۔ یہ لوگ صرف حج کے زمانے میں باہر نکل پاتے اور پھر دوسرا حج آنے تک سارا سال شعب میں بند رہتے۔ اللہ تعالی نے نبی صلی اللہ علیہ وسلم کے کاندھوں پر جو ذمہ داری ڈالی تھی' آپؐ اسے ہر حال میں پورا کرتے رہے۔ چنانچہ ان حالات میں بھی آپ دن رات کھلے عام اور خفیہ طریقے سے تبلیغ میں مصروف تھے۔

سختی کے اس زمانے میں دو افراد ایسے تھے جو معصوم بچوں کی چیخیں برداشت نہ کر پائے اور نہ انہوں نے رشتے داری کے تقاضوں کو مکمل طور پر فراموش کیا۔ یہ افراد حضرت خدیجہؓ کے بھتیجے حکیم اور بنو ہاشم کے ایک اور قریبی عزیز ہشام بن عمروؓ تھے۔ انہیں جب کبھی موقع ملتا غلہ اور خوراک چپکے سے محصورین کو پہنچا دیتے۔

ہشام بن عمروؓ غلہ اونٹ پر لاد کر رات کے وقت شعب ابی طالب کے قریب لے آتا اور شعب کے اندر دھکیل دیتا۔ محصورین اونٹ کو پکڑ کر غلہ اتار لیتے اور اونٹ واپس بھیج دیتے۔

ایک مرتبہ حضرت خدیجہؓ کے بھتیجے حکیم غلہ لا رہے تھے کہ ابو جہل کی نگاہ ان پر پڑ گئی اور وہ بھاگ کر ان کے پاس جا پہنچا:

" اچھا تو یہ بات ہے۔ اب ایک قدم بھی آگے نہ بڑھانا ورنہ عہد کی اس خلاف ورزی پر میں تمہیں رسوا کر کے رکھ دوں گا۔ " ابو جہل نے حکیم

کو دھمکی دی- اس دوران ابو البختری نامی ایک شخص وہاں آنکلا- یہ بھی حضرت خدیجہؓ کا قریبی رشتے دار تھا- اس نے ابوجہل سے پوچھا: "کیا معاملہ ہے؟"

"دیکھو! یہ بنو ہاشم کے لئے غلہ لئے جارہا ہے-"

"چھوڑو - یہ اس کی پھوپھی کا غلہ ہے جو وہ ان کے پاس لئے جارہا ہے- کیا تم ان کی اپنی چیز بھی ان کے پاس نہیں جانے دو گے؟" ابو البختری نے ابوجہل کو سمجھانا چاہا-

"نہیں ہرگز نہیں-" ابو جہل نے غصے سے جواب دیا- اس پر دونوں افراد میں ہاتھا پائی شروع ہوگئی- ابوالبختری نے اونٹ کے جبڑے کی ہڈی جو وہاں قریب ہی پڑی تھی' اٹھاکر اس زور سے ماری کہ ابوجہل کا سر پھٹ گیا اور وہ لہولہان ہوگیا- لڑتے لڑتے ان کی نگاہ حضرت حمزہؓ پر پڑی جو کھڑے یہ تماشا دیکھ رہے تھے- انہیں دیکھتے ہی دونوں کافر شرما گئے اور یہ سوچ کر کہ بنو ہاشم خوش نہ ہوں لڑائی ختم کر دی-

شعب ابی طالب میں کبھی کبھار پہنچنے والے اس غلے کے دم سے زندگی کی سانسیں چل رہی تھیں - یہ خوراک چند دن میں ختم ہوجاتی اور فاقوں کا سلسلہ پھر شروع ہوجاتا- مکہ میں کوئی خاندان ایسا نہ تھا جس کی رشتے داریاں بنو ہاشم اور بنو مطلب کے ساتھ نہ ہوں - ان میں سے اکثر لوگ اس مقاطعہ کو ناپسند کرتے تھے- بھوکے بچوں کے رونے اور بلکنے کی آوازیں سن کر انہیں سخت غصہ آتا مگر خانہ کعبہ میں لٹکائے گئے معاہدے نے ان کے ہاتھ باندھے ہوئے تھے اور زبانیں بند کر رکھی تھیں- سرپھرے قریشی سرداروں

نے انہیں وقتی غصہ دلا کر اپنے عزیزوں سے الگ تھلگ کر ڈالا تھا۔ جیسے جیسے یہ مقاطعہ طویل ہو رہا تھا' ان لوگوں کی الجھن بڑھتی جارہی تھی۔ مقاطعہ کا تیسرا سال ختم ہونے کو آیا تو یہ بات ہر زبان پر تھی کہ انہوں نے یہ حرکت کر کے رشتے داری کے حقوق کی واضح خلاف ورزی کی ہے۔ وہ اس بات پر ایک دوسرے کو برا بھلا بھی کہنے لگے۔ یہ طعنے سن کر ہشام بن عمرو نے فیصلہ کیا کہ وہ اس مقاطعہ کا خاتمہ کر کے چھوڑے گا۔

ہشام سب سے پہلے اللہ کے رسولؐ کی پھوپھی عاتکہ کے بیٹے زہیر سے ملا اور کہا: "زہیر! کیا تم خوش ہو کہ مزے سے کھاؤ پیو' خوشیاں مناؤ' تمہارے ہاں شادیاں ہوں شادیانے بجیں اور تمہاری ماں کا خاندان بھوکا مرے اور ان سے ہر قسم کے تعلقات ختم کر دیئے جائیں۔ میں خدا کی قسم کھا کر کہتا ہوں کہ اگر یہ معاملہ ابوالحکم (ابوجہل) کا ہوتا اور تم لوگ اس کی ننھیال کے خلاف ایسا کوئی معاہدہ کرنے کو کہتے تو وہ ہرگز نہ مانتا۔ مگر تم نے اپنی ننھیال کے خلاف اس کی بات مان لی ہے۔"

"میں اکیلا کیا کر سکتا ہوں۔ کوئی ساتھ دینے والا ہو تو میں اس معاہدے کو پھاڑے بغیر نہ چھوڑوں۔" زہیر نے غمگین لہجے میں کہا۔

"ایک تو میں تمہارے ساتھ ہوں۔" ہشام نے کہا۔

"اچھا آؤ ایک اور آدمی تلاش کریں۔" زہیر خوش ہو کر بولا۔

ہشام کو اندازہ تھا کہ کون لوگ اس کام میں مدد دینے کو تیار ہو سکتے ہیں چنانچہ وہ زہیر کے ہمراہ ایسے تین افراد کے پاس گیا اور انہیں ساتھ دینے پر آمادہ کر لیا۔ ایک رات یہ پانچوں افراد مکہ کے بالائی مقام حجون میں ملے۔ انہوں نے طے کیا کہ کس طرح مقاطعہ کی دستاویز ختم کی جائے۔ زہیر نے کہا: "میں بات کی ابتدا کروں گا تم لوگ میرا ساتھ دینا۔"

ایک جانب یہ تیاریاں ہو رہی تھیں اور دوسری طرف حضرت جبرائیلؑ وحی لے کر رسول اللہ صلی اللہ علیہ وسلم کے پاس آئے اور اطلاع دی کہ مقاطعہ کی دستاویز میں ظلم اور رشتے داری توڑنے کا جو مضمون لکھا گیا تھا اس کو دیمک چاٹ گئی ہے، صرف اللہ کا پاک نام باقی رہ گیا ہے۔ یہ خبر پا کر آپؐ نے اپنے چچا ابو طالب سے اس کا ذکر کیا۔

"بیٹے! کیا تمہارے رب نے تمہیں یہ خبر دی ہے؟" انہوں نے پوچھا۔

"جی ہاں، چچا" اللہ کے نبی صلی اللہ علیہ وسلم نے جواب دیا۔

اس کے بعد ابو طالب اپنے بھائیوں کے پاس آئے اور انہیں اس واقعہ سے آگاہ کیا۔

"آپ کا کیا خیال ہے؟" بھائیوں نے پوچھا۔

"اللہ کی قسم! محمدؐ نے مجھ سے جھوٹ نہیں کہا۔" ابو طالب نے جواب دیا اور پھر پوچھا: "اب کیا کرنا چاہئے؟"

"میری رائے یہ ہے کہ آپ لوگ اچھی طرح کپڑے وغیرہ بدل کر قریش کے پاس جائیں اور ان کو یہ بات بتائیں۔" پیارے نبیؐ نے اپنے چچاؤں کو مشورہ دیا۔ چچاؤں نے بھتیجے کی بات مان لی اور تیار ہو کر حجر کی جانب چل دیئے۔ قریش کے سردار اور معتبر لوگ اسی جگہ بیٹھا کرتے تھے۔

ادھر منصوبے کے مطابق زہیر، ہشام اور ان کے ساتھی خانہ کعبہ پہنچے اور اس کا طواف کیا۔ اس کے بعد زہیر نے اہل مکہ سے مخاطب ہو کر کہا:

"اے مکہ والو! کیا ہم کھائیں پئیں اور کپڑے پہنیں جب کہ بنو ہاشم

ہلاک ہو رہے ہیں؟ نہ ان سے کچھ خریدا جاتا ہے اور نہ ان کے ہاتھ کچھ بیچا جاتا ہے۔ خدا کی قسم! میں خاموش نہ بیٹھوں گا جب تک اس ظالمانہ مقاطعہ کی دستاویز پھاڑ کر پھینک نہیں دی جاتی۔"

ابو جہل بھی اس وقت ایک گوشے میں موجود تھا۔ زہیر کی بات سن کر اسے تاؤ آگیا اور بولا: "تم جھوٹ کہتے ہو۔ اسے ہرگز نہیں پھاڑا جاسکتا۔ اب زہیر کے ساتھی اٹھ کھڑے ہوئے اور انہوں نے ایک ایک کرکے زہیر کی تائید کی اوراس کا ساتھ دینے کا اعلان کیا۔ یہ دیکھ کر ابوجہل غصے میں چیخ اٹھا:

"میں جانتا ہوں یہ ایک سازش ہے جو رات کسی اور جگہ بیٹھ کر تیار کی گئی ہے۔"

یہ جھگڑا جاری تھا کہ ابو طالب اپنے بھائیوں کے ہمراہ آپہنچے اور لوگوں سے مخاطب ہو کر کہا: "میرے بھتیجے نے مجھے بتایا ہے اور خدا قسم اس نے کبھی جھوٹ نہیں بولا کہ ظلم کی جو دستاویز تم نے لکھی تھی اسے دیمک نے چاٹ ڈالا ہے اور صرف اللہ کا مبارک نام باقی رہ گیا ہے۔ تم لوگ وہ دستاویز منگوا کر خود دیکھ لو۔ اگر میرے بھتیجے کی بات سچ ہے تو ہمارے ساتھ اپنے ناروا سلوک سے باز آجاؤ اور اگر میرا بھتیجا جھوٹا نکلا تو میں اسے تمہارے حوالے کردوں گا۔ پھر تم جانو اور تمہارا کام۔ چاہو تو اسے قتل کر دینا' چاہو تو چھوڑ دینا۔"

یہ بات سن کر قریشی سردار خوشی سے نہال ہوگئے۔ "تم نے واقعی انصاف کی بات کہی۔" انہوں نے ابو طالب کو داد دیتے ہوئے کہا۔ وہ دل ہی دل میں سوچ رہے تھے: "یہ بات ممکن نہیں کہ صرف تین سال کے اندر کسی شے کو دیمک چاٹ کر صاف کر دے۔ ابو طالب نے وعدہ کر لیا ہے۔

اب انہیں اپنا بھتیجا ہمارے حوالے کرنا ہی پڑے گا" ۔ پھر انہوں نے وہ دستاویز منگوائی۔ جیسے ہی اسے کھولا گیا' کافر سردار ہکا بکا رہ گئے۔ اللہ کے رسولؐ کی بات سچ تھی۔ کافروں کے سر شرم سے جھک گئے۔ ان میں یہ جرأت ہی نہ رہی کہ ابو طالب کی آنکھوں میں آنکھیں ڈال کر بات کر سکیں۔ ان کی یہ حالت دیکھ کر ابو طالب نے کہا:

"اب تمہیں پتا چل گیا نا کہ ظلم' زیادتی اور رشتہ داری توڑنے کا کام تم نے ہی کیا تھا۔ اب بتاؤ ہمیں کس قصور میں بند رکھا گیا ہے؟" اس کے بعد ابو طالب اپنے ساتھیوں کے ساتھ کعبہ کی طرف گئے اور اس کے پردے اٹھا کر اللہ کے گھر کی دیواروں کے ساتھ لپٹ گئے اور دعا مانگی:

"اے اللہ! ان لوگوں کے مقابلے میں ہماری مدد فرما جنہوں نے ہم پر ظلم کیا' رشتے داری توڑ ڈالی اور اپنے لئے ہمارے معاملہ میں وہ سب کچھ جائز کرلیا جو ان پر حرام تھا۔" اتنا کہہ کر وہ اپنے ساتھیوں سمیت شعب کی طرف روانہ ہوگئے۔ کافر سردار ابھی تک نظریں جھکائے بیٹھے تھے۔ لوگ اس ظلم کے خلاف جو بنو ہاشم پر توڑا گیا تھا' انہیں برا بھلا کہہ رہے تھے۔ان لوگوں میں زہیر اور اس کے ساتھی سب سے نمایاں تھے۔ اس کے بعد یہ لوگ اٹھے اور ہتھیار باندھ کر شعب ابی طالب کی طرف روانہ ہوگئے۔ وہاں پہنچ کر انہوں نے بنو ہاشم اور بنو مطلب سے کہا: "اب آپ لوگ یہاں سے نکلیں اور اپنے گھروں میں جاکر آباد ہوجائیں۔"

اس طرح قریشی مظالم کا یہ دور ختم ہوا ۔ نبی صلی اللہ علیہ وسلم کافروں کے سامنے نہ تو جھکے اور نہ انہوں نے ان کی کوئی بات تسلیم کی۔

عظیم محسن

جب سے وادیٔ بطحا میں آفتاب نبوت طلوع ہوا تھا قافلہ حق کے مسافروں کی تعداد بڑھتی جا رہی تھی۔ آئے دن کوئی نہ کوئی خوش بخت روح دعوت حق پر لبیک کہتے ہوئے باپ دادا کے دین کو خیر باد کہہ دیتی۔ مشرکین مکہ اس صورت حال پر سخت گھبرائے ہوئے تھے۔ انہوں نے مکہ میں دہشت کی فضا قائم کر رکھی تھی۔ مظلوم مسلمانوں پر ستم کے ایسے پہاڑ توڑے جاتے کہ زمین کانپ اٹھتی۔ ان تمام مظالم کے باوجود انہیں اپنے مقصد میں ذرہ بھر کامیابی حاصل نہ ہوئی۔ ان کی جفاؤں سے ڈر کر نہ کسی مسلمان نے اپنا دین چھوڑا اور نہ وہ لوگ توحید قبول کرنے سے باز آئے جن کے دلوں کو اسلام نے فتح کر لیا۔

اس تمام کارروائی کے بعد قریش مکہ اس نتیجے پر پہنچے کہ اسلام کی راہ صرف دو ہی طریقوں سے روکی جا سکتی ہے۔ یا تو حضورؐ اپنی مرضی سے یہ کام چھوڑ دیں یا پھر آپؐ کی شمع زندگی گل کر دی جائے۔ کافر جانتے تھے کہ جب تک نبی صلی اللہ علیہ وسلم کو ابو طالب کی حمایت حاصل ہے آپؐ پر ہاتھ ڈالنا ممکن نہیں۔ دوسرا قدم اٹھانے سے پہلے ضروری تھا کہ ابو طالب کو آپؐ کی حمایت ترک کرنے پر مجبور کیا جائے۔ چنانچہ کفار مکہ نے ان دونوں محاذوں پر کام شروع کرنے کا پروگرام بنایا۔

ایک دن قریشی سردار مسجد حرام میں مجلس جمائے بیٹھے تھے۔ ان میں سے بیشتر کے منہ اترے ہوئے تھے اور چہروں پر وحشت برس رہی تھی۔ ان کی صورتوں سے صاف جھلک رہا تھا کہ وہ کسی تازہ صدمے سے دو چار ہوئے ہیں۔ انہیں یہ صدمہ حضورؐ کے چچا اور نامور قریشی سردار حضرت حمزہ رضی اللہ عنہ کے قبول اسلام سے پہنچا تھا۔ اس تازہ دکھ نے انہیں بے حال کر رکھا تھا۔ ان کی نظریں بار بار مسجد کے ایک کونے کی جانب اٹھتیں اور غصے اور نفرت کے ملے جلے اظہار کے ساتھ واپس لوٹ آتیں۔ مسجد کے اس گوشے میں رسول اللہ صلی اللہ علیہ وسلم تشریف فرما تھے۔ عتبہ بن ربیعہ نے اپنے ساتھیوں کو اس قدر مایوس دیکھا اور ان کے حوصلے ٹوٹتے محسوس کئے تو وہ بولا "بھائیو! آپ کہیں تو میں محمدؐ سے جا کر ملوں۔ میں چاہتا ہوں کہ ان کے سامنے چند تجاویز رکھوں۔ ممکن ہے وہ ان میں سے کسی ایک کو قبول کرنے کی ہامی بھرلیں اور ہماری مخالفت سے باز آ جائیں"۔

"ابو الولید! ہمیں تم پر مکمل بھروسہ ہے۔ تم چاہو تو جا کر بات کرلو"۔ قریشی سرداروں نے جواب دیا۔ ساتھیوں کی تائید پا کر عتبہ اٹھا اور اللہ کے رسولؐ کے پاس جا بیٹھا۔ آپؐ نے عتبہ کو اپنے پاس بیٹھتے دیکھا تو اس کی جانب متوجہ ہوئے۔ عتبہ نے گفتگو کا آغاز کرتے ہوئے کہا:

"بھتیجے! تم ہمارے ایک اعلیٰ اور شریف گھرانے کے فرد ہو۔ ہمارے درمیان تمہیں جو عزت حاصل تھی اسے تم بھولے نہیں ہو گے۔ یہ تمہیں بیٹھے بٹھائے کیا سوجھی ہے؟ تمہاری اس حرکت نے پوری قوم پر آفت ڈھا دی ہے اور ہمارا باہمی اتحاد پارہ پارہ کر ڈالا ہے۔ بھتیجے! تم پوری قوم کو بے وقوف ٹھہراتے ہو۔ ہمارے معبودوں کی برائی بیان کرتے ہو۔ ہمارے باپ

دادا کو جو اس دنیا میں نہیں ہیں ' کافر اور گمراہ قرار دیتے ہو۔ تم توجہ سے میری بات سنو۔ میں چند تجاویز تمہارے سامنے رکھتا ہوں۔ تم ان پر غور کرو۔ شاید تمہیں ان میں سے کوئی پسند آجائے اور تم اسے قبول کر لو"۔

"ابوالولید☆ ! کہئے میں سن رہا ہوں"۔ اللہ کے رسول صلی اللہ علیہ وسلم نے اس کی فضول باتیں نظرانداز کرتے ہوئے فرمایا۔

" بھتیجے ! اگر اس کام سے تمہارا مقصد مال حاصل کرنا ہے تو ہم تمہیں ان گنت مال دینے کو تیار ہیں۔ اس قدر کہ تم قوم کے مالدار ترین شخص بن جاؤ گے۔ اگر تمہیں عزت اور بڑائی چاہئے تو ہم تمہیں اپنا بادشاہ بنائے لیتے ہیں۔ اگر سمجھتے ہو کہ تم پر کوئی جن آتا ہے اور تمہیں سوتے جاگتے میں واقعی کچھ دکھائی دینے لگا ہے تو ہم بہترین معالج بلا کر تمہارا علاج کروانے کو تیار ہیں۔ اس پر جتنا بھی خرچ اٹھے گا ہم بخوشی ادا کریں گے"۔

نبی صلی اللہ علیہ وسلم خاموشی سے عتبہ کی یاوہ گوئی سنتے رہے۔ جب وہ خاموش ہوا تو آپؐ نے فرمایا:

"ابوالولید ! آپ کو جو کہنا تھا کہہ چکے یا ابھی کچھ باقی ہے؟"

"مجھے جو کہنا تھا ' کہہ دیا"۔ عتبہ نے جواب دیا۔

" اچھا اب میری سنئے۔ " اللہ کے رسولؐ نے فرمایا۔ پھر آپ نے بسم اللہ پڑھ کر سورۃ حم السجدہ کی تلاوت شروع کر دی۔ عتبہ اپنے دونوں ہاتھ پشت کی طرف سے زمین پر ٹکائے کلام اللہ سننے لگا۔ قرآن مجید کا پر تاثیر کلام سن کر اس کے چہرے کا رنگ بدلتا گیا اور اس پر ہیبت طاری ہو گئی۔ پھر

☆ عرب میں جب کسی کو اس کی کنیت (وہ نام جس میں ابو یا ام آتا ہے) سے مخاطب کیا جائے تو یہ اس کی عزت کے مترادف سمجھا جاتا ہے۔

حضورؐ نے یہ آیت پڑھی (ترجمہ): "اب اگر یہ لوگ منہ موڑتے ہیں تو ان سے کہہ دو کہ میں نے تم کو اسی طرح کے اچانک ٹوٹ پڑنے والے عذاب سے ڈرا دیا ہے جیسا عاد اور ثمود پر نازل ہوا تھا"۔ یہ آیت سنتے ہی عتبہ نے بے اختیار اپنا ہاتھ آپؐ کے منہ پر رکھ دیا۔ وہ رشتے داری کا واسطہ دینے لگا "محمد! خدا کے لئے ایسی بات نہ کہو۔"

نبی صلی اللہ علیہ وسلم نے آیت سجدہ پڑھ کر سجدہ فرمایا۔ پھر آپ عتبہ سے مخاطب ہوئے "ابوالولید! آپ نے میرا جواب سن لیا؟' اب آپ جانیں اور آپ کا کام"۔

عتبہ اٹھ کھڑا ہوا اور آہستہ آہستہ قدم اٹھاتا' اپنے ساتھیوں کی جانب چل دیا۔ ان لوگوں نے اسے دور ہی سے دیکھ کر کہا "خدا کی قسم' ابوالولید یہ چہرہ لے کر نہیں گیا تھا' یہ تو بالکل بدلی ہوئی صورت ہے"۔ اسی دوران عتبہ ان کے پاس پہنچ کر خاموشی سے بیٹھ گیا۔

"کہو' ابوالولید کیا خبر لائے؟" انہوں نے پوچھا۔

"خدا کی قسم' میں نے ایسا کلام پہلے کبھی نہیں سنا۔ نہ یہ شاعری ہے نہ جادو۔ میری بات مانو اور اس شخص کو اس کے حال پہ چھوڑ دو۔ بخدا یہ کلام ضرور رنگ لا کر رہے گا۔ ذرا سوچو' اگر عرب اس پر غالب آگئے تو تم اپنے بھائی کے خلاف ہاتھ اٹھانے سے بچ جاؤ گے۔ لیکن اگر وہ عرب پر غالب آگیا تو اس کی بادشاہی تمہاری بادشاہی اور اس کی عزت تمہاری عزت ہو گی۔" عتبہ انہیں سمجھانے کے انداز میں بولا۔

عتبہ کو اس انداز میں باتیں کرتے دیکھ کر کفار کو تعجب ہوا۔ وہ سب مل کر اسے برا بھلا کہنے لگے اور طنزیہ انداز میں بولے "ابوالولید! آخر اس کا جادو تم پر بھی چل گیا"۔

"میری رائے یہی ہے' اب جو تمہارا جی چاہے کرو"۔ عتبہ یہ کہہ کر خاموش ہو گیا مگر لوگوں کو ایک اور بات یاد آ گئی اور انہوں نے اس سے پوچھا "گفتگو کے دوران تم محمد (صلی اللہ علیہ وسلم) کے منہ پر ہاتھ رکھ کر کیا التجائیں کر رہے تھے"؟

"تم جانتے ہو محمدؐ جھوٹ نہیں کہتے' مجھے عذاب کا خوف محسوس ہوا تھا"۔ عتبہ نے خوفزدہ لہجے میں جواب دیا۔

ایسی چند ملاقاتوں کے بعد قریشی سرداروں نے بھانپ لیا کہ نبی صلی اللہ علیہ وسلم حرص کے جال میں آنے والے نہیں چنانچہ اب انہوں نے دوسرے محاذ پر کام کرنے کا فیصلہ کیا۔ وہ کئی مرتبہ وفود کی شکل میں حضرت ابو طالب کے پاس گئے اور ان سے مطالبہ کیا کہ وہ اپنے بھتیجے کو یہ کام ترک کرنے پر مجبور کریں ورنہ ان کی حمایت چھوڑ دیں۔

ایک ایسا ہی وفد جس میں ابوجہل' ولید بن مغیرہ' عتبہ بن ربیعہ اور ابو سفیان وغیرہ شامل تھے' ایک دن حضرت ابو طالب کے پاس آیا اور کہا "ابو طالب! تمہارے بھتیجے نے ہمارے خداؤں کو برا بھلا کہا' ہمارے مذہب کی مذمت کی' ہمیں احمق اور ہمارے آباء واجداد کو گمراہ قرار دیا۔ تمہیں بھی یہ ناپسند ہو گا کیونکہ تم نے اپنا آبائی دین ترک نہیں کیا۔ ہم تمہیں کہنے آئے ہیں کہ اسے ایسی باتیں کہنے سے روکو۔ اگر تمہارے لئے ایسا کرنا ممکن نہیں تو اس کی حمایت چھوڑ دو' ہم خود اس سے نمٹ لیں گے۔ حضرت ابو طالب نے انہیں نرمی سے جواب دیا' خوشگوار باتیں کر کے ان کا غصہ ٹھنڈا کیا اور وہ لوگ چلے گئے۔

کچھ مدت بعد کفار نے دیکھا کہ اللہ کے رسولؐ اپنا کام برابر جاری رکھے

ہوئے ہیں تو وہ دوبارہ حضرت ابو طالب کے پاس وفد بنا کر آئے اور کہا "ابو طالب! آپ ہمارے بزرگ ہیں اور ہمارے دلوں میں آپ کی بڑی قدر و منزلت ہے۔ ہم نے آپ سے عرض کیا تھا کہ اپنے بھتیجے کو منع کریں لیکن آپ نے اسے کچھ نہیں کہا۔ خدا کی قسم اب ہم سے صبر نہیں ہوتا۔ آپ یا تو اسے روکیں ورنہ ہمارے اور آپ کے درمیان لڑائی ہوگی اور ایک فریق کے خاتمے سے پہلے نہیں رکے گی"۔ یہ دھمکی دینے کے بعد وہ اٹھ کر چلے گئے۔

حضرت ابو طالب اپنے عزیز بھتیجے کی حمایت ترک کر کے انہیں قوم کے سپرد کرنا نہیں چاہتے تھے۔ دوسری طرف ان کی یہ بھی خواہش تھی کہ قوم کے ساتھ دشمنی جدائی کی حد تک نہ پہنچ جائے۔ انہوں نے کچھ سوچ کر رسول اللہ صلی اللہ علیہ وسلم کو بلایا اور کہا "بھتیجے! تمہاری قوم کے لوگ ایسی باتیں کہہ گئے ہیں۔ تم میرے اور اپنے لئے جینے کی کچھ گنجائش باقی رہنے دو اور مجھ پر اتنا بوجھ نہ ڈالو جس کو میں اٹھا نہ سکوں"۔

اعلان نبوت کے دن سے حضرت ابو طالب پوری قوم کے مقابلے میں آپؐ کے لئے ڈھال بنے ہوئے تھے۔ شفیق چچا کے منہ سے یہ بات سن کر نبی صلی اللہ علیہ وسلم کو شدید صدمہ ہوا۔ آپ نے محسوس کیا کہ قوم کا دباؤ اب بوڑھے چچا کے اعصاب کے لئے ناقابل برداشت ہو چکا ہے اور وہ اپنی حمایت ترک کرنے پر تیار ہو رہے ہیں۔ آپؐ نے انہیں جواب دیا "چچا جان! اگر میرے دائیں ہاتھ پر سورج اور بائیں ہاتھ پر چاند بھی رکھ دیا جائے تو میں یہ کام نہ چھوڑوں گا یہاں تک کہ اللہ اسے کامیاب فرما دے یا میں اس راہ میں ہلاک ہو جاؤں"۔ اتنا کہہ کر آپؐ کی آنکھوں میں آنسو آ گئے اور آپؐ شدت جذبات سے رو پڑے۔ اس کے بعد آپؐ اٹھے اور باہر کی جانب چل

دیئے۔ عزیز بھتیجے کی حالت دیکھ کر حضرت ابو طالب کو احساس ہوا کہ انہوں نے کتنی تکلیف دہ بات کہی تھی۔ چنانچہ انہوں نے آپؐ کو پیچھے سے پکارا۔ حضورؐ واپس پلٹے تو کہا "بیٹے! اپنا کام جاری رکھو اور جو کرنا چاہتے ہو کرو۔ خدا کی قسم میں کبھی تمہیں دشمنوں کے حوالے نہ کروں گا"۔

چند دنوں بعد قریشی وفد پھر حضرت ابو طالب کے پاس آیا اور کہا "آپ ہمارے بزرگ اور سردار ہیں۔ ہم آپ کے سامنے انصاف کی ایک بات پیش کرتے ہیں۔ اپنے بھتیجے کو بلا کر کہیئے کہ وہ ہمارے معبودوں کو برا بھلا کہنا چھوڑ دے ' ہم اسے اور اس کے معبود کو ان کے حال پر چھوڑ دیتے ہیں"۔ قریشی سرداروں کی یہ تجویز سن کر حضرت ابو طالب نے نبی صلی اللہ علیہ وسلم کو بلایا اور کہا "بھتیجے! یہ تمہارے چچا اور تمہاری قوم کے سردار تم سے انصاف کی ایک بات طے کرنا چاہتے ہیں"۔

"کہیئے" اللہ کے رسول نے فرمایا۔

"تم ہمیں اور ہمارے معبودوں کو اپنے حال پر چھوڑ دو اور ان کی برائی کرنے سے باز آ جاؤ۔ ہم تمہیں اور تمہارے معبود کو تمہارے حال پر چھوڑ دیتے ہیں"۔ کفار نے تجویز پیش کی۔

"انہوں نے انصاف کی بات کہی ہے اسے مان لو"۔ ابو طالب نے آپؐ کو مشورہ دیا۔

"چچا جان! کیا میں اس سے بہتر بات نہ کہوں"؟ اللہ کے رسول صلی اللہ علیہ وسلم نے فرمایا۔

"وہ کیا"؟ ابو طالب نے پوچھا۔

"میں انہیں ایک ایسی بات کی طرف بلاتا ہوں جس کے اگر یہ قائل ہو جائیں تو عرب کے حکمران بن جائیں اور عجم ان کا تابع ہو جائے"۔ حضورؐ

نے فرمایا۔

"یہ تو بڑے نفع کا سودا ہے۔ تمہارے باپ کی قسم ہم ایک نہیں ایسی دس باتیں کہنے کو تیار ہیں"۔ ابو جہل جوش میں آ کر بولا۔

"کہو' لا الہ الا اللہ"۔ نبی صلی اللہ علیہ وسلم نے فرمایا۔

یہ سنتے ہی وہ تمام لوگ بھڑک اٹھے اور غصے سے آگ بگولہ ہو گئے۔ جس کے منہ میں جو آیا پکار اٹھا

"یہ تو جادوگر ہے جھوٹا"۔

"کیا اس نے اتنے معبودوں کی جگہ ایک ہی معبود بنا لیا"؟

"یہ تو بڑی عجیب بات ہے"۔

"چلو اور اپنے معبودوں پر قائم رہو"۔ یہ کہہ کر وہ اٹھ کھڑے ہوئے۔ بعض اب بھی بڑبڑا رہے تھے۔

"بے شک اس بات سے تم پر شرف و فضلیت حاصل کرنا ہی مقصود ہے"۔

یہ بات تو پچھلے مذاہب میں ہم نے کبھی سنی ہی نہیں"۔

"بالکل یہ ایک بنائی ہوئی بات ہے' کیا ہم سب میں اسی پر نصیحت اترنا تھی""؟

وہ غصے میں بھرے یہ باتیں کہتے ہوئے باہر نکل گئے۔

اب قریش جان گئے کہ حضرت ابو طالب رسول اللہ صلی اللہ علیہ وسلم کی حمایت چھوڑنے پر قطعاً آمادہ نہیں اور آپؐ کی خاطر وہ قوم کی دشمنی اور اس سے جدائی قبول کرنے کو بھی تیار ہیں۔ یہ صورت حال دیکھ کر انھوں نے ایک نیا حربہ آزمانے کا فیصلہ کیا۔ وہ ولید بن مغیرہ کے بیٹے عمارہ کو ان کے پاس لے گئے اور کہا " ابو طالب! یہ عمارہ بن ولید ہے۔ قریش کا سب سے

طاقتور اور خوبصورت نوجوان۔ تم اسے اپنا بیٹا بنا لو اور اس کی عقل اور قوت سے فائدہ اٹھاؤ۔ اس کے بدلے میں اپنے بھتیجے کو ہمارے حوالے کر دو تاکہ ہم اسے قتل کر دیں۔ ہم ایک آدمی دے کر دوسرا لے رہے ہیں"۔

" بخدا تم لوگوں نے بدترین سودا کیا' اپنا بیٹا مجھے دیتے ہو کہ میں اسے پالوں پوسوں اور میرا بیٹا مانگتے ہو کہ اسے قتل کر دو یہ ہرگز نہیں ہو سکتا"۔ حضرت ابو طالب نے غصے میں کھولتے ہوئے جواب دیا۔

" ابو طالب ! تمہاری قوم نے تمہارے ساتھ انصاف کیا اور کوشش کی کہ جس مشکل میں تم پڑ گئے ہو اس سے نکل جاؤ مگر تم ہو کہ ان کی کوئی بات نہیں مانتے"۔ مطعم بن عدی نے کہا۔ یہ شخص ہاشم کے بھائی نوفل کی اولاد میں سے تھا۔

"بخدا انہوں نے مجھ سے کچھ انصاف نہیں کیا مگر تم مجھے چھوڑ کر میرے خلاف ان لوگوں کا ساتھ دے رہے ہو۔ اچھا' جو تمہارا جی چاہے کرو"۔ ابو طالب نے جواب دیا۔ اس پر بات بڑھ کر جھگڑے کی صورت اختیار کر گئی اور لڑائی کی تیاریاں ہونے لگیں۔ حضرت ابو طالب نے بنو ہاشم اور بنو مطلب کو اس بات پر آمادہ کیا کہ وہ سب متحد ہو کر نبی صلی اللہ علیہ وسلم کی حمایت و حفاظت کریں گے۔ تمام لوگ اس بات پر متفق ہو گئے صرف ابو لہب نہ مانا اور الگ رہا۔

اسی زمانے کی بات ہے۔ ایک روز حضرت ابو طالب حضورؐ کے مکان پر آئے اور آپؐ کو نہ پایا۔ فضا میں تصادم کی جو بو پھیلی ہوئی تھی اس کے باعث حضرت ابو طاب کو شبہ ہوا کہ آپؐ کو قتل کر دیا گیا ہے۔ انہوں نے فوراً بنو ہاشم اور بنو مطلب کے نوجوانوں کو اکٹھا کیا۔ انہیں ہتھیار کپڑوں میں چھپا لینے کی ہدایت دی اور کہا " میرے ساتھ مسجد حرام چلو۔ وہاں جس مجلس

میں ابوجہل کو بیٹھے دیکھو اس کے کسی فرد کو نہ چھوڑنا ضرور ان لوگوں نے ہی محمدؐ کو قتل کیا ہو گا"۔ چنانچہ وہ تمام لوگ مسجد حرام کی جانب چل دیئے۔ راستے میں ان کی ملاقات زیدؓ بن حارثہ سے ہوئی۔ انہوں نے بتایا کہ حضورؐ بخیریت ہیں۔ یہ سن کر ان لوگوں کو اطمینان ہوا اور وہ واپس گھروں کو لوٹ گئے۔

اگلے دن حضرت ابو طالب نے قریش کی مجلس میں جا کر سارا واقعہ بیان کیا اور کہا " خدا کی قسم اگر تم نے محمدؐ کو قتل کر دیا تو میں تم میں سے کسی کو زندہ نہ چھوڑوں گا۔ یہاں تک کہ ہم لڑ لڑ کر ختم ہو جائیں گے"۔

اس واقعہ سے قریش کو اندازہ ہوا کہ محمد صلی اللہ علیہ وسلم پر ہاتھ ڈالنا کوئی آسان کام نہیں۔ وہ اس بات سے بھی مایوس ہو گئے کہ ابو طالب کو اپنے بھتیجے کی حمایت ترک کرنے پر آمادہ کیا جا سکتا ہے۔

وفا کی خوشبو

منیٰ کے میدان میں بے شمار خیمے نصب ہیں۔ دن بھر کے تھکے ہارے لوگ زمین کے سینے پر لیٹے گفتگو میں مصروف ہیں۔ ان کی آنکھیں نیند سے بوجھل ہیں اور ان میں سے اکثر باتوں کے درمیان جمائیاں لے رہے ہیں۔ آسمان پر چاند روشن ہے اور یوں لگتا ہے جیسے چاندنی نے پوری وادی پر اپنی چادر پھیلا رکھی ہو۔ زمین پر لیٹے لیٹے آسمان کی جانب نگاہ اٹھتی ہے تو فضا میں سحر کی سی کیفیت محسوس ہوتی ہے۔ چاندنی رات کا یہ جادو فضا میں اکثر پھیلا دکھائی دیتا ہے مگر آج رات اس سحر کے ساتھ ساتھ ایک خاص خوشبو بھی رچ بس گئی ہے۔ رات بھیگنے کے ساتھ ساتھ اس سحر اور خوشبو میں اضافہ ہوتا جا رہا ہے۔ منیٰ میں لیٹے لوگ اس چاندنی کو معمول سمجھ کر اس کی جانب کوئی دھیان نہیں دے رہے اور نہ ہی ان کی حسیّں وسیع و عریض فضا میں پھیلی ہوئی خوشبو سونگھنے کے قابل ہیں۔ یہ خوشبو وفا کی ہے۔ آج رات وفا کے ایک ایسے سفر کا آغاز ہو رہا ہے جس کی راہیں لہو سے روشن کی جاتی ہیں۔

اب رات اپنا ایک تہائی سفر طے کر چکی ہے۔ منیٰ میں ہر جانب سکوت چھا گیا ہے اور تمام لوگ غفلت کی نیند سو گئے ہیں۔ اچانک ایک گوشے سے ہلکی سی آہٹ سنائی دیتی ہے اور چند سائے حرکت کرتے نظر آتے ہیں۔ یہ

سائے انتہائی خاموشی سے ایک گھاٹی (عقبہ) کی جانب بڑھ رہے ہیں۔ چند قدم اٹھانے کے بعد وہ کسی اوٹ میں دبک جاتے ہیں۔ جب انہیں اطمینان ہو جاتا ہے کہ ان پر کسی کی نگاہ نہیں پڑی تو وہ آگے قدم بڑھا دیتے ہیں۔ اس طرح چھپتے چھپاتے وہ لوگ اس گھاٹی میں جا پہنچتے ہیں۔ منیٰ کے اسی گوشے سے دو دو اور چار چار سایوں کی قطاریں وقفے وقفے سے نکلتی ہیں اور احتیاط سے قدم اٹھاتی اس گھاٹی میں داخل ہو جاتی ہیں۔ آج رات یہ گھاٹی ایسے نقطے کی شکل اختیار کر گئی ہے جہاں تمام دائرے سمٹ آتے ہیں۔ یہ گھاٹی عشاق کی تمناؤں اور آرزوؤں کا مرکز ہے۔ یہاں پہنچنے والے اہل دل خلوص اور سچائی سے مالا مال ہیں۔ یہ لوگ وفا کا ایک ایسا عہد باندھنے جمع ہوئے ہیں جس کی تکمیل میں انہیں جان و مال کی قربانیاں پیش کرنا ہوں گی۔ یہ لوگ اس سے آگاہ ہیں۔ یہ جانتے ہیں کہ عشق و وفا کی راہ خطرات سے پر اور کانٹوں سے بھری ہوتی ہے۔ اس صحرا کو عبور کرتے ہوئے تپتی دھوپ سے گزرنا پڑتا ہے مگر اہل وفا ان خطرات سے گھبرایا نہیں کرتے اور بے خطر ان میں کود جاتے ہیں۔ گھاٹی میں جمع ہونے والوں کے پیش نظر ایک انتہائی عظیم اور بلند مقصد ہے۔ یہ لوگ اس جگہ وفا کی ایک انوکھی تاریخ رقم کرنے اکٹھے ہوئے ہیں۔ ان کی آرزو ہے کہ قافلۂ عشق کو نئی سمت دے سکیں۔ عشق کا یہ کارواں بارہ تیرہ برس پہلے مکہ کی وادی سے چلا تھا۔ اللہ کے آخری نبیؐ اس کے قائد ہیں۔ انہوں نے ایک ایک قبیلے میں پہنچ کر لوگوں کو اس قافلہ میں شمولیت کی دعوت دی۔ بہت کم افراد نے اس دعوت پر لبیک کہا۔ اکثریت اس کی مخالفت میں ڈٹ گئی اور اس کی راہیں مسدود کر دینا چاہیں۔ ایسے میں ان لوگوں کی قسمت جاگی جو آج اس گھاٹی میں جمع ہیں۔ وہ اپنے پاؤں پر چل کر مکہ پہنچے اور اس نعمت کو پا لیا جسے حاصل کرنے سے تمام عرب

نے انکار کر دیا تھا۔ان افراد کی خوش نصیبی دیکھ کر بنو عامر بن صعصہ کے ایک بوڑھے کی حسرت یاد آجاتی ہے۔

چند سال پیشتر بنو عامر کے کچھ لوگ حج کرنے کے بعد اپنے قبیلے میں پہنچے۔ انہوں نے اپنے ایک سردار کو جو بڑھاپے کی وجہ سے حج اور دوسرے میلوں میں نہ جا سکتا تھا' سفر کے حالات سنائے۔ دیگر باتوں کے علاوہ انہوں نے اسے ایک عجب بات بتائی:

"شیخ! ہمارے پاس قریش میں سے بنو عبدالمطلب کا ایک جوان آیا تھا۔ اس کا دعویٰ تھا کہ وہ نبی ہے۔ اس نے ہم سے کہا: تم میری حمایت کرو اور مجھے اپنے علاقے میں لے چلو تاکہ میں اپنے رب کا کلام پہنچاؤں۔"

یہ بات سن کر بوڑھے کا چہرہ متغیر ہو گیا اور اس نے جلدی سے پوچھا:

"تم نے اسے کیا جواب دیا؟"

"اس شخص کی بات سن کر بحیرہ بن فراس بولا: خدا کی قسم! اگر قریش کے اس جوان کو میں اپنے ساتھ لے جاؤں تو اس کے ذریعہ سے تمام عرب کو کھا جاؤں گا۔ پھر بحیرہ ہی نے ہماری جانب سے بات کی اور کہا: اگر ہم آپ کا ساتھ دیں اور اللہ آپ کو مخالفین پر غالب کر دے تو کیا آپؐ کے بعد حکومت ہماری ہو گی؟ اس شخص نے جواب دیا: "یہ معاملہ تو اللہ کے ہاتھ میں ہے۔ وہ جسے چاہے گا حکومت عطا کر دے گا۔"

"پھر تم لوگوں نے کیا کیا؟" بوڑھے نے انتہائی اضطراب سے پوچھا۔

" بحیرہ نے جواب دیا: ہم آپ کی خاطر اپنے حلق عربوں کا نشانہ بننے کے لئے پیش کریں اور جب اللہ آپ کو غلبہ عطا کرے تو اقتدار ہماری جگہ دوسروں کو ملے؟ جایئے' ہمیں آپ کی ضرورت نہیں۔"

آخری فقرہ سن کر بوڑھے کا جوش جاتا رہا۔ اس نے حسرت اور افسوس کے ساتھ اپنا سر پکڑ لیا اور کہنے لگا:

"اے بنو عامر! کیا اس کی تلافی ہو سکتی ہے؟ کیا یہ گیا وقت پھر ہاتھ آسکتا ہے؟ اس ذات کی قسم جس کے قبضے میں میری جان ہے، کسی اسماعیلی نے ایسی بات جھوٹ گھڑ کر کبھی نہیں کہی۔ یہ ضرور حق ہے۔ تمہاری عقل اس وقت کہاں چلی گئی تھی؟"

بنو عامر ہی نہیں، تمام قبائل کو باری باری یہ مواقع ملے۔ کسی نے نرمی کے ساتھ اس دعوت کو ٹھکرایا۔ کسی نے نہایت سخت رویہ اختیار کیا اور بہت برا جواب دیا۔ اکثر قبائل کا کہنا تھا: "آدمی کی قوم اسے زیادہ بہتر جانتی ہے۔ کیا ایسا شخص ہمارے لئے مفید ہو سکتا ہے جس نے خود اپنی قوم میں فساد برپا کر دیا ہو اور اس کی قوم نے اسے رد کر دیا ہو؟" یوں گھر آئی اس نعمت کو ٹھکرا کر انہوں نے اپنے خیال میں بڑی عقلمندی کا ثبوت دیا مگر صرف چند سال بعد وہ تمام بنو عامر کے اس بوڑھے کی مانند کف افسوس مل رہے تھے۔ ان کے دیکھتے ہی دیکھتے یثرب کے لوگ اپنے قدموں پر چل کر مکہ پہنچے اور اس دولت کو پا کر دنیا و آخرت کی نعمتیں سمیٹ لیں۔ ان لوگوں کے ایمان لانے کا واقعہ بھی بہت دلچسپ ہے۔

رسول اللہ صلی اللہ علیہ وسلم کو نبوت کی ذمہ داریاں ادا کرتے گیارہ برس ہونے کو آئے تھے۔ آپؐ کا یہ قاعدہ تھا کہ حج کے زمانے میں تمام قبائل عرب سے ملاقات کرنے کے لئے منیٰ تشریف لے جاتے اور انہیں اللہ کے دین کی دعوت دیتے۔ قریش کی جانب سے مایوس ہو جانے کے بعد اب آپؐ جس قبیلے سے بھی ملتے اس سے فرمایا کرتے: "مجھے اپنی پناہ دو اور میری حمایت کرو تاکہ میں اپنے رب کا کلام پہنچاؤں۔"

ا ا بعد بعثت کا زمانۂ حج آیا تو حضورؐ قبائل عرب سے ملاقات کے لئے منیٰ کی طرف روانہ ہوئے اور مکہ کے راستے پر واقع ایک گھاٹی کی جانب جا نکلے۔ یہاں آپؐ کا سامنا قبیلہ خزرج کے چھ افراد سے ہوا۔ نبی صلی اللہ علیہ وسلم نے ان سے پوچھا:

"آپ لوگ کون ہیں؟"

"ہم خزرج کے افراد ہیں۔"

"آپ لوگ بیٹھیں گے کہ میں آپ سے کچھ بات کروں؟"

"ضرور۔" انہوں نے کہا اور حضورؐ کے پاس بیٹھ گئے۔ آپؐ نے انہیں اللہ کی طرف دعوت دی' اسلام کا پیغام پیش کیا اور قرآن مجید پڑھ کر سنایا۔

یہ لوگ مدینہ میں یہودیوں کے پڑوس میں رہتے تھے اور ان کو نبوت اور انبیاء کے بارے میں گفتگو کرتے اور تورات کی تلاوت میں مصروف دیکھتے رہتے تھے۔ ان لوگوں نے یہ بھی سن رکھا تھا کہ قریبی زمانے میں کوئی نبی آنے والا ہے۔ یہود سے جب کبھی ان کی تلخی ہوتی' وہ انہیں دھمکی دیتے: "آخر زمانہ میں ایک نبی مبعوث ہو گا۔ ہم اس کے ساتھ مل کر تم کو اسی طرح قتل کریں گے جس طرح عاد اور ارم قتل کئے گئے۔"

منیٰ کے میدان میں رسول اللہ صلی اللہ علیہ وسلم کی زبان مبارک سے اسلام کا تذکرہ سن کر وہ آپس میں کہنے لگے: "واللہ' یہ تو وہی نبی ہیں جن کی آمد سے یہود تمہیں ڈرایا کرتے ہیں۔ دیکھو ایسا نہ ہو کہ وہ تم سے سبقت لے جائیں۔" چنانچہ اسی وقت انہوں نے آپؐ کی تصدیق کی اور ایمان لے آئے۔

بیعت کے بعد اللہ کے رسولؐ نے ان سے فرمایا: "کیا تم میری پشت پناہی کرو گے تاکہ میں اپنے رب کا پیغام پہنچاؤں۔"

اہل یثرب نے عرض کی: "یارسول اللہ! ہمارے ہاں حال ہی میں جنگ بعاث ہوئی ہے۔ (یہ جنگ یثرب کے دو قبیلوں خزرج اور اوس کے درمیان ۸ بعد بعثت میں پیش آئی اور دونوں قبیلوں کے بڑے بڑے سردار اس میں مارے گئے۔ یاد رہے کہ خزرج اور اوس کے قبائل ہم نسب تھے اور ان کے درمیان شادی بیاہ کے رشتے بھی قائم تھے۔ تاہم یہودی انہیں اپنے مفادات کی خاطر لڑائے رکھتے تھے) اس حالت میں اگر آپ تشریف لے گئے تو آپ پر لوگوں کا جمع ہونا مشکل ہو گا۔ فی الحال ہمیں واپس جانے دیں۔ شاید اللہ تعالیٰ ہمارے باہمی تعلقات ٹھیک کر دے۔ ہم وہاں جا کر لوگوں کو اس معاملے کی دعوت دیں گے۔ ممکن ہے اللہ تعالیٰ ان کو آپ پر متحد کر دے۔ پھر آپ سے زیادہ طاقت ور کوئی نہ ہو گا۔"

خزرج کے ان ابتدائی مسلمانوں نے یثرب پہنچ کر اسلام کا چرچا شروع کیا۔ جلد ہی انصار کے تمام محلوں میں رسول اللہ صلی اللہ علیہ وسلم کا تذکرہ ہونے لگا۔ ۱۲ بعد بعثت کا حج آیا تو یثرب کے ۱۲ افراد اسی گھاٹی (عقبہ) کے مقام پر نبی صلی اللہ علیہ وسلم سے ملے۔ ان میں سات افراد نئے تھے۔ باقی پانچ افراد پچھلی مرتبہ بھی آپؐ سے مل چکے تھے۔ ان حضرات میں قبیلہ اوس سے تعلق رکھنے والے دو افراد بھی شامل تھے۔ ان لوگوں نے نبی کریمؐ کے مبارک ہاتھ پر بیعت کی اور چوری' بدکاری اور قتل اولاد سے پرہیز کرنے' اچھی باتوں میں اطاعت کرنے اور توحید پر کاربند رہنے کا عہد کیا۔ جب یہ حضرات واپس جانے لگے تو حضورؐ نے مُصعب بن عُمیر رضی اللہ عنہ کو ان کے ہمراہ کر دیا تاکہ وہ انہیں اسلام کی تعلیم دیں۔

اس طرح یثرب میں حضرت مصعبؓ بن عمیر کی قیادت میں اسلام پھیلانے کا کام شروع ہوا۔ یہ کام حیرت انگیز طور پر بڑی تیزی سے انجام پایا

اور تھوڑی ہی مدت میں انصار کا کوئی محلّہ ایسا نہ رہا جہاں مسلمان مرد اور عورتیں موجود نہ ہوں۔ صرف تین چار گھرانے ایسے رہ گئے جنہوں نے غزوہ خندق تک اسلام قبول نہ کیا۔ اب یثرب میں کھلے عام اسلام کا اظہار ہونے لگا۔ لوگ ایک دوسرے سے کہتے : "آخر ہم کب تک اللہ کے رسولؐ کو اس حالت میں رہنے دیں گے کہ آپ مکہ کے پہاڑوں میں جگہ جگہ پھر رہے ہیں' ہر جگہ آپؐ کو رد کر دیا جاتا ہے اور آپ کو کہیں امن میسر نہیں۔" چنانچہ انہوں نے باہمی طور پر فیصلہ کیا کہ اس مرتبہ حج کے موقع پر رسول اللہ صلی اللہ علیہ وسلم سے اس بارے میں بات کی جائے۔

حج کا موسم آیا تو ۷۳ افراد پر مشتمل مسلمانوں کا ایک گروہ جن میں دو عورتیں بھی شامل تھیں' اپنی قوم کے مشرکین کے ہمراہ مکہ پہنچا۔ ان میں سے چند افراد حضورؐ کو ڈھونڈتے ہوئے عباس بن عبدالمطلب کے مکان پر پہنچ گئے۔ رسول اللہ صلی اللہ علیہ وسلم وہیں تشریف رکھتے تھے۔ انہوں نے آپؐ کو سلام کیا اور پوچھا کہ مدینہ سے آنے والا وفد آپؐ سے کب اور کہاں ملے؟"

عباس بن عبدالمطلب نے کہا: "تمہارے ہمراہ تمہاری قوم کے وہ لوگ بھی ہیں جو تمہارے مخالف ہیں۔ اس لئے اس معاملے کو اس وقت تک چھپائے رکھو جب تک حاجی منتشر نہیں ہو جاتے۔"

رسول اللہ صلی اللہ علیہ وسلم نے انہیں ہدایت فرمائی کہ وہ ایام تشریق (جن میں حج کے بعد لوگ منیٰ میں ٹھہرتے ہیں) کے درمیانی روز' رات کے وقت عقبہ کے نشیبی علاقے میں جمع ہوں۔

یہی وہ مقررہ رات تھی جس کے ذکر سے ہم نے کہانی کا آغاز کیا تھا۔

ایک تہائی رات گزر جانے کے بعد یہ لوگ اپنی قوم کے مشرکین اور اہل مکہ

کی نظروں سے چھپتے چھپاتے عقبہ میں جمع ہو گئے۔ نبی صلی اللہ علیہ وسلم اپنے چچا عباس کے ساتھ وہاں موجود تھے۔ حضرت عباس ابھی اسلام نہیں لائے تھے تاہم رسول اللہ صلی اللہ علیہ وسلم اپنے معاملات میں ان پر اعتماد فرماتے تھے۔ جب تمام لوگ جمع ہو گئے تو اللہ کے رسولؐ نے فرمایا: "جس کو بولنا ہو' مختصر بولے کیونکہ مشرکین کے جاسوس تمہاری کھوج میں لگے ہوئے ہیں۔"

حضرت عباس نے گفتگو کا آغاز کیا: "لوگو! محمد کو ہمارے ہاں جو مرتبہ حاصل ہے اسے تم جانتے ہو۔ ہم (یعنی بنوہاشم اور بنو مطلب) نے ان کی قوم کے مقابلے میں ان کی حمایت و حفاظت کی ہے۔ قوم میں انہیں عزت اور مقام حاصل ہے۔ لیکن اب انہوں نے تمہارے ہاں جا کر رہنے کا فیصلہ کر لیا ہے۔ اگر تم لوگ سمجھتے ہو کہ ان کے ساتھ کیے گئے عہد وپیمان پر پورا اترو گے اور ان کے مخالفین سے ان کا بچاؤ کر پاؤ گے تو اس ذمہ داری کو اٹھا لو اور اگر یہ اندیشہ ہے کہ تمہیں ان کا ساتھ چھوڑ دینا اور انہیں دشمنوں کے حوالے کر دینا پڑے گا تو ابھی سے ان کو چھوڑ دو کیونکہ وہ اپنی قوم میں مضبوط حیثیت اور محفوظ مقام رکھتے ہیں۔"

"ہم نے آپ کی بات سن لی۔" انصار نے حضرت عباس سے کہا۔ پھر وہ رسول اللہ صلی اللہ علیہ وسلم سے مخاطب ہوئے: "یا رسول اللہ! اب آپ ارشاد فرمائیں اور جو عہد ہم سے لینا چاہیں لے لیں۔"

حضور اکرم صلی اللہ علیہ وسلم نے قرآن مجید کی تلاوت فرمائی' اللہ کی طرف دعوت دی اور اسلام کی جانب رغبت دلائی۔ اس کے بعد آپ نے فرمایا: "میں تم سے اس پر بیعت لیتا ہوں کہ تم اچھے اور برے ہر حال میں حکم سنو گے اور اطاعت کرو گے' خوشحالی ہو یا بدحالی' ہر صورت میں مال خرچ

کرو گے، نیکی کا حکم دو گے، برائی سے منع کرو گے اور اللہ کے معاملہ میں حق بات کہو گے اور کسی ملامت کرنے والے کی ملامت سے نہ ڈرو گے اور یہ کہ جب میں تمہارے ہاں آؤں تو تم ہر اس چیز سے میری حفاظت کرو گے جس سے اپنی جانوں اور بال بچوں کی حفاظت کرتے ہو۔ اس کے بدلے میں تمہارے لئے جنت ہے۔"

یہ ارشاد سن کر براء بن معرور رضی اللہ عنہ نے اللہ کے رسول کا دست مبارک اپنے ہاتھوں میں لے لیا اور عرض کی: "اس ذات کی قسم جس نے آپ کو حق کے ساتھ بھیجا ہے، ہم آپ کی اسی طرح حفاظت کریں گے جس طرح اپنے اہل و عیال کی کرتے ہیں۔ اے اللہ کے رسولؐ! ہم سے بیعت لیجئے۔ ہم جنگ آزما لوگ ہیں۔ جنگیں لڑنا ہم نے باپ دادا سے وراثت میں پایا ہے ------"

"اللہ کے رسول!" ابوالہیثم رضی اللہ عنہ بات کاٹ کر بولے: "ہمارے اور یہود کے درمیان جو حلیفانہ تعلقات ہیں، ہم انہیں کاٹ رہے ہیں۔ ایسا تو نہ ہو گا کہ جب اللہ آپ کو غلبہ عطا فرمائے تو آپ ہمیں چھوڑ کر اپنی قوم میں واپس چلے جائیں؟"

ابوالہیثمؓ کی بات سن کر نبی رحمتؐ کے چہرہ مبارک پر مسکراہٹ پھیل گئی اور آپؐ نے فرمایا: "نہیں، اب میرا مرنا اور جینا تمہارے ساتھ ہے۔ میں تمہارا ہوں اور تم میرے ہو۔ جس سے تم لڑو گے، اس سے میں لڑوں گا اور جس سے تم صلح کرو گے، اس سے میں صلح کروں گا۔"

اس کے بعد تمام لوگ بیعت کرنے آپؐ کی طرف بڑھے مگر اس جماعت کے ایک نوجوان رکن اسعد بن زرارہ رضی اللہ عنہ نے حضورؐ کا دست مبارک اپنے ہاتھ میں تھامتے ہوئے کہا: "اے اہل یثرب ٹھہرو! ہم

ان کے پاس اپنے اونٹ دوڑاتے اس کے سوا کسی مقصد سے نہیں آئے کہ ہم انہیں اللہ کا رسول مانتے ہیں۔ آج ان کو نکال کر اپنے ساتھ لے جانا تمام عرب کی دشمنی مول لینا ہے۔ اس کے نتیجے میں تمہارے بچے قتل ہوں گے اور تلواریں تمہارا خون بہائیں گی۔ اگر تم یہ سب برداشت کرنے کی طاقت اپنے اندر پاتے ہو تو ان کا ہاتھ تھام لو ——— پھر تمہارا اجر اللہ کے ذمے ہے ——— اور اگر تمہیں اپنی جانوں کا خوف ہے تو انہیں ابھی سے چھوڑ دو اور صاف صاف معذرت کر لو' کیونکہ اس وقت معذرت کر دینا اللہ کے ہاں زیادہ قابل قبول ہو گا۔"

اسعدؓ کی یہ بات سن کر تمام لوگ بولے: "اسعد! ہمارے راستے سے ہٹ جاؤ' خدا کی قسم ہم اس بیعت کو ہرگز نہ چھوڑیں گے اور نہ اس سے ہاتھ کھینچیں گے۔" پھر تمام لوگ اٹھ کھڑے ہوئے اور آپؐ کے دست مبارک پر بیعت کی۔ یہ بیعت تاریخ اسلام میں بیعت عقبہ ثانیہ کے نام سے مشہور ہے۔

یہ رات تاریخ ساز ثابت ہوئی۔ وفا اور خلوص کی تاریخ جب بھی رقم ہو گی اس رات کا تذکرہ ضرور آئے گا۔ یثرب کے اہل وفا نے اس رات وہ عہد باندھا جس نے تاریخ عالم کے پرشور دھارے کا رخ بدل دیا۔ انہوں نے ایفائے عہد کے ایسے باب کی بنیاد رکھی جسے انسانی تاریخ ہمیشہ یاد رکھے گی۔ آنے والے سالوں میں یہ باب ان کی انتھک جدوجہد' ایثار اور قربانیوں سے مرصع ہو کر جگمگانے لگا اور اس میں ان کے اخلاص کی خوشبو ہمیشہ کے لئے رچ بس گئی۔ اس خوشبو میں خون کی مشک بھی شامل تھی۔ اس پاکیزہ خون کی جو ایفائے عہد کے اس طویل سفر میں انہوں نے اللہ اور اس کے رسولؐ کی

خاطر بہایا۔ انصار نے وفا اور خلوص کی جس راہ پر سفر کا آغاز کیا تھا' انھوں نے اس میں لہو کے دیے جلائے اور مالی قربانیوں کی ایسی مثالیں قائم کیں جس سے لفظ 'انصار' ایثار اور وفا کا ہم معنی بن گیا۔ آج بھی اس لفظ کے منہ سے ادا ہوتے ہی اس سے وفا کی خوشبو پھوٹنے لگتی ہے۔

روشنی کی تلاش

ہر طرف گھپ اندھیرا چھایا ہوا تھا۔ نہ کسی نشان منزل کا سراغ ملتا نہ کوئی راہ گزر دکھائی دیتی جس پر چلا جائے۔ منزل کی سمت جانے والی راہ کو تاریکی نے نگل لیا تھا۔ اب لوگ اندھیرے میں ٹامک ٹوئیاں مارتے پھرتے تھے۔ اکثر لوگ اس تاریکی کو ہی منزل سمجھ کر بیٹھ گئے۔ بس مٹھی بھر افراد ایسے تھے جنہیں ایک ٹمٹماتی لو کی تلاش تھی۔ وہ بار بار مڑ کر پیچھے دیکھتے کہ شاید کہیں اس کی جھلک دکھائی دے مگر انہیں کچھ سجھائی نہ دیتا۔ اس لو اور ان کے درمیان ہزاروں برس کا فاصلہ حائل تھا۔ ان طویل برسوں کے دوران پھیلی ہوئی تاریکی نے ہر وہ راہ مسدود کر دی جہاں سے اس لو کی کوئی کرن راستہ پا سکتی۔

یہ تاریکی بھی بہت عجیب تھی۔ ہر نیا دن گزرنے کے ساتھ اس میں اضافہ ہو رہا تھا اور ایسا کیوں نہ ہوتا؟ یہ جہالت کی تاریکی جو تھی۔ جیسے جیسے شرک کی گندگی بڑھ رہی تھی، ظلم کا گراف بلند ہو رہا تھا اور اللہ اور اس کے بندوں کے حقوق پامال ہو رہے تھے ویسے ہی یہ اندھیرا بھی گہرا ہوتا چلا جا رہا تھا۔ اس اندھیرے میں سرخی کا رنگ نمایاں تھا۔ یہ ان ہزاروں لاکھوں انسانوں کے خون کی رنگت تھی جو جاہلی تفاخر اور دشمنی کی بھینٹ چڑھ گئے۔ اس سرخی میں ان معصوم لڑکیوں کا لہو بھی شامل تھا جنہیں جھوٹی انا کی خاطر

زندہ دفن کر دیا گیا تھا۔

کفر و شرک کی یہ تاریکی بڑھتے بڑھتے اس دیے کی لو پر غالب آگئی جسے ڈھائی ہزار برس پہلے اللہ کے پیغمبر حضرت ابراہیم علیہ السلام اور ان کے بیٹے حضرت اسماعیل علیہ السلام نے روشن کیا تھا۔ اتنے برس گزرنے کے بعد لوگ ان کی حقیقی تعلیمات بھول کر شرک اور گمراہی کو اصل دین سمجھ بیٹھے۔ اب گنتی کے چند ایسے افراد باقی تھے جنہیں راہ حق کی تلاش تھی۔ ان لوگوں کا دل گرد و پیش میں پھیلی ہوئی شرک کی سیاہی دیکھ کر کڑھتا اور ان کا جی چاہتا کہ حق کی راہ معلوم ہو تو اس پر چلیں۔

ایک صبح مکہ میں دن چڑھا۔ لوگوں نے حسب معمول بتوں کی پوجا اور ان کی تعظیم کے ساتھ اس کا آغاز کیا پھر وہ اپنے روزمرہ کاموں میں مشغول ہو گئے۔ اس روز قریشی مجلسوں میں ایک عجیب واقع رونما ہوا۔ انہیں میں سے ایک شخص اٹھا ' اس نے کعبہ میں رکھے ہوئے بتوں کو ناگواری کے ساتھ دیکھا۔ پھر اس کی نظریں آسمان کی جانب اٹھیں اور وہ اپنے خالق سے مخاطب ہو کر کہنے لگا:

" یا رب! اگر مجھے معلوم ہوتا کہ تجھے اپنی عبادت کا کون سا طریقہ سب سے زیادہ پسند ہے تو میں اسی طریقے پر تیری عبادت کیا کرتا۔" یہ کہہ کر اس نے اپنا سر جھکایا اور اسے اپنی ہتھیلی پر رکھ کر اللہ تعالیٰ کے حضور سجدہ ریز ہو گیا۔

———O———

اللہ تعالیٰ نے آغاز کائنات کے وقت تمام بنی نوع انسان کی روحوں کو اکٹھا کیا اور ان سے ایک عہد لیا۔ اس نے پوچھا: " کیا میں تمہارا رب نہیں ہوں؟" تمام انسانوں نے ایک آواز میں جواب دیا: " بے شک آپ ہی

ہمارے رب ہیں۔" پھر اس عہد کو انسان کے لاشعور میں محفوظ کر دیا گیا۔ اللہ تعالیٰ نے تھوڑے تھوڑے عرصے بعد اپنے نبی بھیجے جو لوگوں کو یہ بھولا ہوا عہد یاد دلاتے رہے۔ جس زمانے کی ہم بات کر رہے ہیں ' اس وقت دنیا بھر کے لوگ اس عہد کو بھول چکے تھے۔ انہوں نے اپنے انبیاء کی تعلیمات کو یا تو فراموش کر ڈالا تھا یا ان میں اپنی مرضی اور پسند کی باتیں ٹھونس دی تھیں۔ یہی حال عرب کا تھا۔ وہ لوگ حضرت ابراہیمؑ کی تعلیمات بھول کر اپنے باپ دادا کے طریقوں کو دین سمجھ بیٹھے تھے۔ اس گمراہی نے انہیں شرک کی دلدل میں بری طرح پھنسا دیا تھا۔ اس کے باوجود یہاں چند ایسے افراد باقی تھے جن کے لاشعور میں اللہ سے کیا گیا عہد اب تک محفوظ تھا۔ ان کی نیک فطرت یہ احساس دلاتی کہ عرب جس شرک میں مبتلا ہیں وہ دین فطرت نہیں ان لوگوں کو اپنے باپ ابراہیم علیہ السلام کے دین کی تلاش تھی تاکہ وہ اس پر عمل پیرا ہو سکیں مگر جہالت کا طوفان ان کی تعلیمات کو بہا کر لے جا چکا تھا۔

دین ابراہیم کے ان متلاشی افراد میں ایک زید بن عمرؓو بن نفیل بھی تھے۔ وہ توحید کے عقیدے میں بہت سخت تھے۔ عربوں کے ہاں بت پرستی عام تھی اور وہ مردار' خون اور بتوں پر کی ہوئی قربانی بڑے مزے سے کھایا کرتے تھے۔ زید بن عمرؓو ان تمام چیزوں کو حرام سمجھتے اور ان کے قریب تک نہ جاتے۔ ایک دن وہ کعبہ کی دیوار کے سہارے بیٹھے فرما رہے تھے: "قریش کے لوگو! خدا کی قسم میں کسی ایسے جانور کا گوشت نہ کھاؤں گا جو اللہ کے سوا کسی اور کے لئے ذبح کیا گیا ہو۔"

بعض عرب جھوٹی انا اور غیرت کی خاطر معصوم بیٹیوں کو زندہ دفن کر ڈالتے۔ عرب میں بہت سے لوگ اس حرکت کو ناپسند کرتے تھے۔ چند ایک

ایسے بھی تھے جو لڑکی کے گھر والوں کو فدیہ دے کر لڑکی کو چھڑا لیتے۔ زید بن عمرؓ کا شمار بھی ایسے ہی افراد میں ہوتا تھا۔ وہ بیٹیوں کے قتل کو برا جانتے اور انہیں بچانے کی کوشش کرتے۔ جب کبھی انہیں علم ہوتا کہ کوئی شخص اپنی بیٹی کو قتل کرنے کا ارادہ کر رہا ہے تو زید اس سے مل کر کہتے: "اسے قتل نہ کرو میں اس کی کفالت کروں گا۔" پھر وہ لڑکی کو اس شخص سے لے لیتے۔ جب لڑکی سیانی ہو جاتی تو وہ اس کے باپ سے مل کر کہتے: "اگر چاہو تو اپنی لڑکی لے لو ورنہ میں اس کی کفالت کرتا رہوں گا۔" اس طرح انہوں نے کئی لڑکیوں کو نئی زندگی بخشی۔

زید نے ایک مشرک ماحول میں آنکھ کھولی۔انہوں نے بچپن ہی سے اپنی قوم کو بتوں کے آگے جھکتے دیکھا۔ جب ان کی عقل پختہ ہوئی اور شعور بیدار ہوا تو انہوں نے ان تمام امور پر غور کیا۔ اس غور و فکر نے انہیں دین ابراہیم کی جانب متوجہ کیا مگر وہ اسے کہیں نہ پاسکے۔ تاہم اس جستجو میں وہ توحید تک پہنچ گئے اور انہوں نے اللہ تعالیٰ کے ساتھ دوسری ہستیوں کو شریک کرنا چھوڑ دیا۔ انہیں بتوں اور بت پرستی سے شدید نفرت ہوگئی۔ اس نفرت کا اظہار انہوں نے اپنے اشعار میں بھی کیا ہے (ترجمہ):

جب تمام امور کی تقسیم ہو چکی تو کیا میں اب ایک خدا کی اطاعت کروں یا ہزار کی

میں نے لات اور عزیٰ سب کو چھوڑ دیا اور صابر انسان اسی طرح کیا کرتا ہے

نہ تو میں عزیٰ کی تابعداری کرتا ہوں اور نہ اس کی دو بیٹیوں کی

نہ میں بنو غنم کے دو بتوں کی زیارت کو جاتا ہوں اور نہ ہبل کے آگے جھکتا ہوں

حالانکہ ایک عرصے تک جب کہ میری عقل چھوٹی سی تھی یہ ہمارا رب بنا رہا

اب زید نے اللہ تعالیٰ کی عبادت کے طریقوں پر غور شروع کیا مگر ان کی سمجھ میں کچھ نہ آیا کہ اللہ تعالیٰ کو کون سا طریقہ پسند ہے اور وہ کس طرح سے یہ عبادت بجا لائیں۔ بالآخر انہوں نے اس شوق کی تکمیل یوں کی کہ اپنی ہتھیلی پر سر رکھ کر سجدہ کرنا شروع کر دیا۔

عقیدہ توحید تک پہنچ جانے کے بعد زید نے اپنی قوم کی تمام رسومات ترک کر دیں۔ وہ اپنے لوگوں کی حالت دیکھ کر کڑھا کرتے۔ وہ کعبہ کے ساتھ پیٹھ کو سہارا دے کر بیٹھ جاتے اور کہتے: "لوگو! میری طرف آؤ' کیونکہ میرے سوا اب اور کوئی شخص باقی نہیں جو ابراہیم کا پیرو ہو۔"

اہل عرب کی اکثریت یہ یقین رکھتی تھی کہ وہ زندگی کے دن گزار کر خاک ہو جائیں گے اور انہیں دوبارہ زندہ نہیں کیا جائے گا۔ زید بن عمرو کو کوشش کے باوجود دین ابراہیم اپنی اصل شکل میں نہ مل سکا۔ اس کے باوجود وہ ثواب و گناہ' مرنے کے بعد جی اٹھنے اور جنت و دوزخ پر یقین رکھتے تھے۔ ان کے اشعار ہیں۔ (ترجمہ):

میں اپنے رب رحمٰن کی پرستش کرتا ہوں تاکہ رب غفور میرے گناہ معاف کر دے۔

تم بھی اپنے رب کے تقویٰ کی حفاظت کرو کیونکہ جب تم اسے محفوظ کر لوگے تو یہ تباہ نہ ہو گا

تو دیکھتا ہے کہ نیکو کاروں کا گھر جنت ہے اور کفار کے لئے سخت گرم دوزخ

خطاب (حضرت عمر فاروقؓ کا باپ) زید بن عمروؓ کا چچا تھا۔ اُسے جب

علم ہوا کہ زید نے آبائی دین ترک کر دیا ہے اور نئے عقائد اپنا لئے ہیں تو وہ بہت غضبناک ہوا اور انہیں ستانا شروع کر دیا۔ وہ نہیں چاہتا تھا کہ زید ان کے دین کو خراب کریں یا ان میں سے کوئی شخص آبائی دین چھوڑ کر زید کے کہنے میں آجائے۔ چچا کے ظلم سہہ کر زید مسجد حرام پہنچتے اور کعبے کی طرف منہ کر کے کہتے: "میں تیری حقیقی طاعت اور بندگی کے لئے حاضر ہوں۔ میں اس خدا کی پناہ لیتا ہوں جس کی ابراہیم نے لی تھی۔" خطاب کی جانب سے سختی اور ایذارسانی بڑھتی گئی اور اس نے زید کو مکہ چھوڑ دینے پر مجبور کر دیا۔ اس نے اسی پر اکتفا نہیں کیا بلکہ مکہ کے آوارہ لوگوں کو ان کے پیچھے لگا دیا کہ انہیں شہر میں گھسنے نہ دیں۔ اب زید مکے سے نکل کر حرا میں جا اترے۔ وہ کبھی کبھار چھپ کر مکہ میں داخل ہوتے اور کعبہ کی طرف منہ کر کے کہا کرتے: "اے اللہ میں تیرا عاجز اور ہیچ بندہ ہوں - تو مجھے حکم بجالانے کو کہے تو میں اس کے لئے ہر تکلیف برداشت کروں گا۔" قریش کے آوارہ لوگوں کو زید کے مکہ میں داخلے کی خبر ملتی تو وہ خطاب کو اطلاع دیتے۔ پھر وہ سب انہیں اذیت پہنچا کر مکہ سے نکال دیتے۔

زید مسلسل دین ابراہیم کی تلاش میں تھے۔ اچانک ان کے دل میں یہودیت اور عیسائیت کو قریب سے دیکھنے کا خیال آیا۔ یہ سوچ کر وہ شام کے سفر پر نکل کھڑے ہوئے۔ ان کا خیال تھا کہ شاید اس طرح وہ دین ابراہیم پانے میں کامیاب ہو جائیں۔ شام پہنچ کر ان کی ملاقات ایک یہودی عالم سے ہوئی۔ زید نے اس سے ان کے دین کے بارے میں معلوم کیا۔ یہودی عالم نے جواب دیا:

" ہمارے دین پر تو اس وقت تک کاربند نہیں ہو سکتا جب تک اللہ کے غضب سے اپنا حصہ حاصل نہ کرلے۔"

زید نے کہا: " میں اللہ کے غضب ہی سے تو بھاگ رہا ہوں اور جب تک مجھ میں طاقت ہے اسے اپنے اوپر وارد نہ ہونے دوں گا۔ کیا تم مجھے کسی اور دین کا پتہ بتا سکتے ہو؟"

" میں نہیں جانتا' ہاں اگر دین حنیف ہو تو درست ہے۔" اس نے جواب دیا۔

" دین حنیف کیا ہے ؟" زید نے سوال کیا۔

" ابراہیم کا دین —— اور ابراہیم نہ یہودی تھے نہ عیسائی —— وہ اللہ کے سوا کسی کی بندگی نہ کرتے تھے۔" یہودی عالم نے جواب دیا۔

اس کے بعد زید آگے چل دیے۔ پھر ان کی ملاقات ایک عیسائی عالم سے ہوئی اور انہوں نے اس سے بھی ان کے دین کے بارے میں سوال کیا۔ عیسائی عالم نے جواب دیا:

" جب تک تو اللہ کی لعنت میں سے اپنا حصہ نہ لے لے' ہمارے دین پر کاربند نہیں ہو سکتا۔"

زید نے کہا: " میں اللہ کی لعنت ہی سے تو بھاگ رہا ہوں اور جب تک میرے بس میں ہے نہ اللہ کی لعنت اپنے اوپر وارد ہونے دوں گا اور نہ اس کا غضب۔ کیا تم مجھے کسی اور دین کا پتہ بتاؤ گے؟"

" مجھے دین حنیف کے سوا کسی اور دین کا علم نہیں۔"

" دین حنیف کیا ہے ؟"

" ابراہیم کا دین —— اور ابراہیم نہ یہودی تھے نہ عیسائی —— وہ اللہ کے سوا کسی کی پرستش نہ کرتے تھے۔"

زید اس سفر میں دین ابراہیم پانے میں ناکام رہے لیکن ان کی اس سوچ کی تصدیق ہو گئی کہ ابراہیم علیہ السلام ایک اللہ کے سوا کسی کی عبادت نہ

کرتے تھے چنانچہ وہ عیسائی عالم کی مجلس سے چلے آئے۔ جب کھلے میدان میں پہنچے تو ہاتھ اٹھا کر کہا: " یا اللہ !گواہ رہنا ' میں ابراہیمؑ کے دین پر ہوں۔"

اس سفر کے دوران زید کو یہودیت اور عیسائیت کا مطالعہ کرنے کا موقع ملا۔ اس کا نتیجہ یہ نکلا کہ انہوں نے ان دونوں مذاہب کو رد کر دیا۔ وہ کہا کرتے: " ہماری قوم کے شرک اور ان کے شرک میں آخر فرق ہی کیا ہے؟" ان مذاہب کو دیکھنے کے بعد ان کا یہ خیال مزید پختہ ہو گیا کہ انہوں نے دین ابراہیم کی بنیاد (توحید) کو پالیا ہے۔ وہ کھلم کھلا اس بات کا اعلان کیا کرتے۔ حضرت اسماء بنت ابی بکرؓ نے بیان کیا۔ " میں نے زید بن عمرؓ کو کعبے کے ساتھ پیٹھ لگائے دیکھا۔ وہ کہہ رہے تھے: " اے قوم قریش! قسم ہے اس خدا کی جس کے قبضے میں میری جان ہے میرے سوا تم میں سے کوئی بھی دین ابراہیم پر کاربند نہیں۔"

شام اور بلقاء کے اس سفر میں زید پر ایک اور انکشاف بھی ہوا۔ انہوں نے مقامی راہبوں سے نبی آخرالزمان کے مبعوث ہونے کی خبر سنی۔ دلچسپ بات یہ ہے کہ انہوں نے اس خبر کا تذکرہ نبی صلی اللہ علیہ وسلم سے خود فرمایا۔ اس وقت رسول اللہ صلی اللہ علیہ وسلم کا عہد جوانی تھا۔ آپؐ بچپن ہی سے بت پرستی سے بیزار تھے اور قریش کی شرک پر مبنی رسومات میں شریک نہیں ہوتے تھے۔ زید کو یقیناً آپؐ کے حالات معلوم ہوں گے۔ چنانچہ انہوں نے یہ خوشخبری آپؐ کو بھی سنائی۔ بعثت سے پہلے کی اس ملاقات میں انہوں نے حضورؐ سے فرمایا: " میں عیسائیت اور یہودیت کے قریب گیا مگر جو بات میں چاہتا تھا ' ان میں نہ دیکھی ۔ میں نے ایک راہب سے اس کا ذکر کیا تو اس نے مجھ سے کہا: "تو ابراہیمؑ کا دین حنیف چاہتا ہے اور یہ آج کہیں

نہیں ملتا۔ تو اپنے شہر کو واپس چلا جا کیونکہ اللہ تعالیٰ تیری قوم میں سے ایک شخص کو نبوت کے منصب پر فائز کرنے والا ہے۔ یہ نبی دین حنیف کو لے کر آئے گا اور اللہ کے نزدیک تمام مخلوق سے زیادہ عزت والا ہو گا۔" زید کو معلوم نہ تھا کہ وہ عبدالمطلب کے جس نوجوان پوتے کو یہ خوشخبری سنا رہے ہیں' اللہ تعالیٰ کی ذات اسی کو دین فطرت کے ساتھ مبعوث کرے گی۔ اس وقت حضورؐ خود بھی نہیں جانتے تھے کہ نبوت کی یہ ذمہ داری انہی کے کاندھوں پر ڈالی جائے گی اور وہی پوری کائنات کی نگاہوں کا مرکز بننے والے ہیں۔

زید پہلے ہی دین حنیف پانے کے لئے بیتاب رہتے تھے' یہ خبر سن کر ان کی بے چینی اور بھی بڑھ گئی۔ اب ان کی شدید خواہش تھی کہ وہ نبی آخرالزماں کا عہد پائیں اور ان پر ایمان لاکر اللہ تعالیٰ کی عبادت اس کے پسندیدہ طریقے پر کریں۔ مگر زندگی کی ساعتیں تسبیح کے دانوں کی مانند ایک ایک کر کے کم ہوتی جا رہی تھیں۔ کون جانے کب تسبیح ختم ہو جائے؟ کسے خبر آخری دانہ گرنے سے پہلے یہ تمنا پوری ہو پائے یا نہیں ؟ زید کے اندر سے جیسے آواز آتی : "شاید ایسا نہ ہو سکے گا۔" ایک دن وہ حرا کی جانب جا رہے تھے کہ مکہ سے باہر ان کی ملاقات عامرؓ بن ربیعہ سے ہوئی۔ زید نے ان سے کہا: "عامر! میں اپنی قوم سے الگ ہو چکا ہوں۔ میں دین ابراہیمؑ پر ہوں اور اس خدا کی پرستش کرتا ہوں جس کی ابراہیمؑ اور ان کے بعد اسماعیلؑ عبادت کیا کرتے تھے ——— اور اسماعیل خانہ کعبہ کی طرف منہ کر کے نماز پڑھا کرتے تھے ——— میں اسماعیل پھر عبدالمطلب کی اولاد میں سے ایک نبی کا منتظر ہوں۔ میرا دل کہتا ہے ' میں ان کا زمانہ نہ پاسکوں گا مگر میں ان پر ایمان رکھتا ہوں' ان کی تصدیق کرتا ہوں اور گواہی دیتا ہوں کہ وہ نبی ہیں۔ اگر اللہ

تمہیں لمبی عمر دے تو انہیں میری طرف سے سلام کہنا۔"

کچھ مدت گزری تھی کہ زید کے خدشات درست ثابت ہوئے۔ ایک دن تسبیح ٹوٹ گئی اور دانے بکھر گئے۔ زید نبی آخرالزماں کا عہد نہ پا سکے۔ مکہ میں قریش خانہ کعبہ کی تعمیر میں مصروف تھے کہ بلاد لخم میں ان کو بیدردی سے قتل کر دیا گیا۔ یوں زید اپنے دل کی حسرتوں اور آرزوؤں کے ساتھ قبر میں جا سوئے۔ ورقہ بن نوفل (یہ حضرت خدیجہؓ کے چچا زاد بھائی تھے۔ نزول وحی کے بعد آپ رسول اللہ صلی اللہ علیہ وسلم کو انہی کے پاس لے کر گئی تھیں) نے ان کا مرثیہ کہا جس میں یہ اشعار بھی شامل تھے (ترجمہ):

اے زید بن عمرؓو تو نے خوب ہدایت پائی اور خوب غور و فکر کیا
تو نے دوزخ کے سخت گرم تنور سے دوری اختیار کر لی
کیونکہ تو نے اپنے رب کی اطاعت کی جس جیسا کوئی رب نہیں
اور اس لئے کہ تو نے بت خانے کے بتوں کے سامنے سر نہ جھکایا
تو نے جس دین کو تلاش کیا اسے پا لیا
اور تو اپنے رب کی توحید سے غافل نہ تھا

زید کی وفات کو صرف پانچ سال گزرے تھے کہ وادی بطحا میں آفتاب نبوت طلوع ہو گیا اور عبد لمطلب کے پوتے محمد (صلی اللہ علیہ وسلم) کو دین حق پہنچانے کی ذمہ داری سونپ دی گئی۔

عامرؓ بن ربیعہ کو اللہ تعالیٰ نے ہدایت بخشی اور وہ خاتم الانبیاء پر ایمان لے آئے۔ ایک دن انہیں زید کی وصیت یاد آئی۔ وہ نبی صلی اللہ علیہ وسلم کی خدمت میں حاضر ہوئے اور زید کا سلام پہنچایا۔ آپؐ نے سلام کا جواب دیا، زید کے لئے رحمت کی دعا کی اور فرمایا: "میں نے انہیں جنت میں دامن گھسیٹ کر چلتے دیکھا ہے۔"

زید کے صاحبزادے سعیدؓ کے حصے میں بھی دولت ایمان آئی اور انہیں ایسا بلند درجہ نصیب ہوا جس میں صرف نو اصحاب رسولؐ ان کے ساتھ شریک ہیں۔ نبی صلی اللہ علیہ وسلم نے انہیں جیتے جی جنت کی بشارت عطا فرمائی۔ ایک دن حضرت سعیدؓ اور حضرت عمر فاروقؓ نے رسول اللہ صلی اللہ علیہ وسلم کی خدمت میں عرض کیا: "اللہ کے رسولؐ! زید کے خیالات آپؐ کو معلوم ہیں۔ کیا ہم ان کے لئے مغفرت کی دعا کیا کریں؟" آپؐ نے فرمایا ہاں ' قیامت کے روز وہ تنہا ایک امت کی حیثیت سے اٹھائے جائیں گے۔"